허깐것 아낙은 일로 지낫다

음향들을 고되게
부려먹 없준은

대로
오는
이야기 할때만

여러둘이
좋양밟
니그으을만

이야기 할때
오는

허지만
좋은그대
언까어진로
이세상을

걸얼
해위았
해요.

— 1960 —

소근소드러 하러들 모으여롱 조으히 아래를 밀랍 외치지
구베돌아 갸슬이을 그리주 딩수를기 땅이신이 판 재빠에을
적녁 어리를 기ㅁ러뉘 땅이신이 재빠처럼
벌서읏 베닥뉘에 볼세읏 자리를ㅎ 밤을갓
  읻눈 어디을

(handwritten vertical Korean poem — reading uncertain)

좋은
언어
로

신동엽 평전

좋은 언어로 **신동엽 평전**

초판 1쇄 발행 2019년 3월 20일
초판 2쇄 발행 2019년 10월 7일
글쓴이 김응교 **유물 공개·고증** 인병선
펴낸이 박성모 **펴낸곳** 소명출판 **출판등록** 제13-522호
주소 서울시 서초구 서초중앙로6길 15, 1층
전화 02-585-7840 **팩스** 02-585-7848
전자우편 somyungbooks@daum.net **홈페이지** www.somyong.co.kr

값 16,000원
ISBN 979-11-5905-400-6 03810
ⓒ 김응교, 인병선, 2019

신동엽 평전

IN GOOD LANGUAGE
CRITICAL BIOGRAPHY ON POET SHIN DONG-YUP

좋은 언어로

김응교 글 | 인병선 외 엮음 안기·고증

소명출판

|일러두기|

1. 이 책에 실린 자료들은 신동엽의 부친 고(故) 신연순 옹과 시인의 부인 인병선 여사의 헌신적인 노력에 의해 보관되어 온 것이다.
2. 이 책에 실린 글은 문학적인 작품 분석보다는 신동엽의 삶에 초점을 두어 작성된 글이다.
3. 2005년 부여군 문화부 지원 사업에 의해 도서출판 현암사에서 출판된 이 책을 2019년 소명출판에서 다시 낸다.

좋은 언어

외치지 마세요.
바람만 재티처럼 날려가 버려요.

조용히
될수록 당신의 자리를
아래로 낮추세요.

그리구 기다려 보세요.
모여들 와도

하거든 바닥에서부터
가슴으로 머리로
속속들이 구비돌아 적셔 보세요.

하잘 것 없는 일로 지난 날
언어들을 고되게
부려만 먹었군요.

때는 와요.
우리들이 조용히 눈으로만
이야기할 때

허지만
그때까진
좋은 언어로 이 세상을
채워야 해요.

유작시, 『사상계』, 1970.4

신동엽 시인은 1969년에 타계하셨습니다. 39세 젊은 나이로 돌아가실 때까지 남긴 주옥 같은 글들은 그동안 수많은 전집, 선집 등으로 간행되었습니다. 또 그의 글에 대한 연구자들의 연구논문과 젊은 석·박사들의 학위논문도 수백 편 쏟아져 나왔습니다.

그러나 그의 생애나 인간적인 면면을 가깝게 느낄 수 있는 책은 아직 한 권도 나오지 않았습니다. 그는 어떻게 살았을까, 어떤 환경에서 어떤 책을 읽으며 시심詩心을 키웠을까, 어떤 분들과 가깝게 지냈으며 가족 관계는 어떤가 등을 글보다는 육필 원고, 사진, 유품 등을 통해 직접 느낄 수 있는 책이 이제쯤은 나올 때가 되었다고 생각했습니다. 이 책을 내는 것은 바로 그런 동기에서입니다.

여기에 실린 육필 원고, 사진, 유품 등은 모두 유가족이 신동엽 시인 사후에 소중하게 꼼꼼히 모아 간직해 온 것입니다. 그

동안 온갖 어려움 속에서 포기하고 싶기도 했고 모든 것을 뒤로 하고 떠나고 싶은 때도 있었습니다. 그러지 못하고 오늘까지 간직해 온 것은 이 세상에서의 그의 존재를 그런 것들로라도 대신하려 했던 게 아닌가 생각됩니다. 최근 책 발간이다 문학관 건립이다 하여 그의 일이 갑자기 몰려들면서 건강은 잘 따라주지 않고 여러 일에 쫓기기도 하여 친지 앞에서 "이제 정말 그 사람과 이혼하고 싶다. 일제도 36년 만에 해방되었는데" 하고 푸념하며 웃은 일이 있는데 그것도 어쩌면 아직은 부부로 함께 살고 있다는 착각에서 나온 말이 아닌가 싶습니다.

이제 유물을 책으로 묶어 세상에 내놓으니 그를 아주 보낸다는 느낌이 없지 않습니다. 보내고 저 또한 가고……. 그것이 순리가 아니겠습니까. 그러나 그의 시는 영원히 우리 옆에 남아 있을 것입니다. 그의 시를 가리켜 어떤 분은 1970, 80년대 민족주의에 고착되어 있다고 생각할지 모릅니다. 하지만 그의 시는 지금도 살아 있는 생명체로 우리 속에서 힘차게 날갯짓을 하고 있습니다.

지난 2004년 4월 총선 때 그의 시 「껍데기는 가라」가 인터넷에 오랫동안 올라 있었습니다. 총선을 통해 껍데기 정치가는 모두 몰아내고 알맹이 정치가만을 남기자는 국민의 의지를 대

변한 것입니다. 그의 시는 이처럼 우리 정치, 사회, 개개인의 삶 속에서 끊임없이 우리를 일깨우는 힘을 가지고 있습니다. 그의 시를 가리켜 항상 현재성을 지니고 있고 그래서 영원성이 있다고 하는 것은 바로 이 때문입니다.

이 사진집이 세상에 나가 그의 시와 그를 사랑하는 많은 사람들의 삶에 밝은 등불이 되고 연구자들의 유익한 자료가 되기를 희망합니다.

이 책의 집필을 맡아주신 김응교 선생은 현재 일본 와세다대학 교수로 재직 중입니다. 김 선생은 일찍이 신동엽 시인에 관해 많은 논문과 저서를 내셨습니다. 이번에도 비행기로 오고가며 수고를 아끼지 않아 유가족의 한 사람으로 진심으로 고맙게 생각합니다.

이 책이 나올 수 있도록 도와주신 한국문화예술위원회와 부여군, 부여문화원에 깊은 감사를 드립니다.

2005년 겨울

인병선 (신동엽 시인의 부인, 시인)

차례

제1부

1930~1945

내 고향 사람들은 봄이 오면 새파란 풀을 씹는다. 큰 가마솥에

자운영 · 독사풀 · 말풀을 썰어 넣어 삶아가지고 거기다 소금, 기름을 쳐서

세 살짜리도, 칠순 할아버지도 콧물 흘리며 우그려 넣는다. 마침내 눈이

먼다. 그리고 홍수가 온다. 홍수는 장독, 상사발, 짚신짝, 네 기둥, 그리고

너무나 훌륭했던 인생체념으로 말미암아 저항하지 않았던 이 자연의 아들

딸을 실어 달아나 버린다.

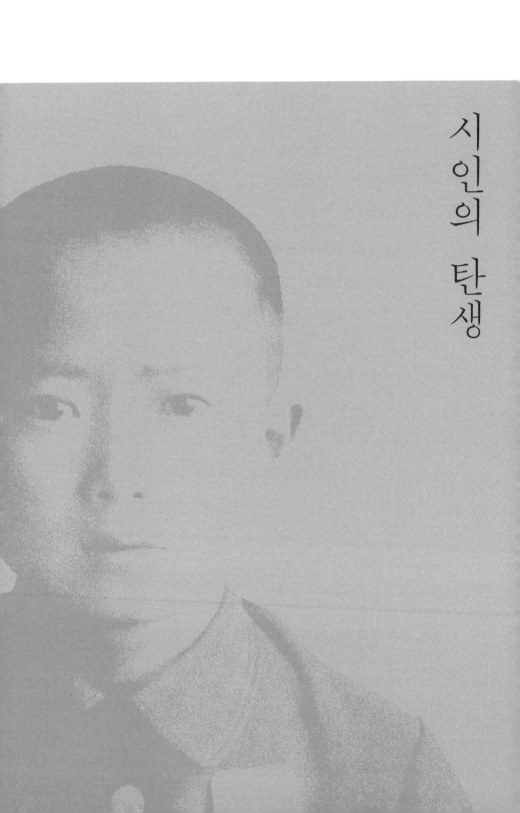

시
인
의

탄
생

꼭 그런 것은 아니지만 사람에 따라서는 태어난 공간과 태어난 시기가 그의 운명을 결정하는 경우가 있다. 시인 신동엽이 바로 그러하다. 그가 부여에서 태어나고 1930년 일제강점기에 태어난 사실은 그의 삶에 결정적인 동기를 준다.

그가 태어난 해는 만주사변 1년 전이기도 하다. 그는 태평양전쟁 때 배고픈 학생 시절을 보내고, 한국전쟁 때는 군인의 신분으로 죽음의 고비를 넘겼다. 지루한 식민지 시절과 두 번의 전쟁, 혁명을 겪으면서 그는 역사의 흉측한 내장을 들여다 보았다. 시인 신동엽은 세계사의 거센 파도와 곡절 많은 현대사 속에서 역사적 존재로 거듭났다.

그의 시는 조선과 고구려를 넘어 상고시대의 옛날까지 펼쳐 내 보인다. 재미있는 것은 그가 아주 먼 과거를 '그 옛날'이 아니라 아주 가까운 생활 이야기와 함께 극적으로 살려낸다는 점이다. 그의 '옛날 이야기'는 단지 과거로 돌아가자는 회고주의가 아니라, '오늘과 내일을 여는 옛날'이다. 그의 시는 '과거의 읽을거리'가 아니라, '내일을 위한 잠언'이다.

그의 작품을 깊이 이해하기 위해 그의 삶을 살펴보는 것은 중요하다. 신동엽과 그의 가족의 삶은 경악스러울 정도로 한국의 현대사와 맞물려 있다. 그의 삶을 읽을 때는 항상 그의 고민이

소년 신동엽

신동엽과 어머니, 누나 신동희

늘 미래로 열려 있다는 사실에 주의를 기울여야 한다. 이 열쇠로 그가 살아온 삶의 문을 열면, 그의 작품을 보는 눈이 새로워진다. 이제 침묵하고 있던 그의 생애에 수굿이 귀를 열어 주시기 바란다. 그의 삶을 만나고, 다시 그의 작품을 읽을 때 돌연 상상력의 융기를 체험하는 더없는 행복의 순간이 있기를 바란다.

한때 부여는 고구려, 백제, 신라 삼국 중에서도 가장 찬란한 문화를 꽃피운 백제의 도읍지였다. 지금도 부여에는 온화하고 부드러운 백제의 향기가 곳곳에 남아 있다. 부여 한가운데에 흐르는 금강은 백제의 젖줄이자 대동맥이다. 이 강을 따라 중국 문화가 들어오고, 백제 문화는 일본으로 전파되었다.

백제의 도읍 부여읍 가운데에 있는 동남리라는 마을이 자리하고 있다. 이 마을을 조금 벗어나면 초록으로 눈부신 금강의 물줄기가 넉넉하게 흐르고, 야트막한 산등선은 어머니가 아이를 안은 것처럼 참으로 포근한 분위기를 자아낸다.

바로 이 마을, 충남 부여읍 동남리가 큰 시인을 만들었다. 저 옛날 백제의 도읍이던 이곳에서 우리는 시인의 탄생, 신동엽 시의 기원起源을 묻는다. 서둘러 말하자면 동엽은 부여에서 태어남으로 평생 그의 정서적인 조국은 백제가 되었다. 국가로서의 백제가 아니라, 백제가 가진 평화공동체가 그의 정서적인 조국이다. 이 이야기를 하자면 우리는 오랜 세월을 거슬러 올라가야 한다.

신동엽은 1930년 8월 18일, 가난한 농부 신연순申淵淳과 어머니 김영희 사이에서 1남 4녀 중 장남으로 태어났다. 어머니 김영희는 신연순의 둘째 부인이다. 첫째 부인은 딸 신동희와 아들 하나를 낳고 젊은 나이에 세상을 떠났다. 그 아들이 겨우 돌을 넘기고 죽은 까닭에, 둘째 부인의 아들로 태어난 동엽은 아버지에 이어 2대 독자로 태어난 셈이 되었다. 동엽에게는 위로 배다른 누이 신동희申東姬(1928년생), 아래로는 여동생 4명이 있었다. 어머니는 동엽 밑으로 아이를 여덟이나 낳았지만 모두 딸이었고, 그중 넷은 어려서 죽었다. 동엽의 누이동생이 4명이나 죽은 것은 당시 우리나라는 일본의 식민지로 몹시 가난한 데다가 의료 기술이라고 할 만한 것이 없었기 때문이다. 그래서 어린아이들은 작은 병치레만 해도 목숨을 잃는 일이 많았다.

일본 식민지 시대, 더욱이 동엽이 태어난 1930년은 일본이 중국에 싸움을 건 만주사변이 일어나기 1년 전으로, 일제는 바야흐로 조선에 있는 모든 것을 긁어 가 무기를 만들던 시절이다. 숟가락, 젓가락마저 빼앗겨야 하는 식민지의 기막힌 현실은 동남리도 예외가 아니었다. 마을 사람들은 농사를 주로 지었지만 수확물은 일본에 강제로 다 빼앗겨 쌀은 구경조차 하기 어려웠고, 사람들은 대부분 콩죽으로 끼니를 때웠다.

동엽의 집도 밥을 배불리 먹을 수 있는 형편이 못 되었다. 그때문인지 그의 소학교(초등학교) 성적표를 보면 동엽이 어릴 때부터 몸이 약했다는 사실을 알 수 있다. 그는 1년에도 여러 날 병가를 얻곤 했다. 동엽이 어려서부터 허약한 이유는 어머니가 동엽을 임신했을 때부터 제대로 배를 채우지 못했기 때문이기도 하다.

엎친 데 덮친 격으로 동엽이 아홉 살이 되던 1939년에는 큰 가뭄까지 겹쳐 몇 달 동안 비 한 방울 내리지 않았다. 아이들이 물놀이 하던 금강은 물이 말라 강바닥까지 드러났고, 미꾸라지가 뛰놀던 논물도 바싹 말라 논바닥이 쩍쩍 갈라졌다. 먹을 것이 없어 어린아이건 늙은이건 쓰디쓴 풀로 죽을 쑤어 먹을 수밖에 없었다. 아이들은 입에 대기도 싫은 풀죽을 억지로 먹어야 했다. 당시에는 초가집 옆을 지나다 보면 쇠여물을 끓이는 무쇠 솥에다 풀죽을 쑤는 아낙네를 흔히 볼 수 있었다. 동엽은 그때의 참담한 풍경을 이렇게 기록한다.

내 고향 사람들은 봄이 오면 새파란 풀을 씹는다. 큰 가마솥에

자운영·독사풀·말풀을 썰어 넣어 삶아가지고 거기다 소금, 기름을 쳐서 세 살 짜리도, 칠순 할아버지도 콧물 흘리며 우그려 넣는다. 마침내 눈이 먼다. 그리고 홍수가 온다. 홍수는 장독, 상사발, 짚신짝, 네 기둥, 그리고 너무나 훌륭했던 인생체념으로 말미암아 저항하지 않았던 이 자연의 아들 딸을 실어 달아나 버린다.

— 신동엽, 「나의 설계 – 서둘고 싶지 않다」, 『동아일보』, 1962.6.5

어린 동엽은 굶주림과 홍수가 번갈아 휩쓸고 지나가는 궁핍한 땅에서 가끔 누나와 함께 찬이나 국거리로 쓸 만한 나물을 뜯으러 들녘과 산자락을 쏘다니곤 했다. 동엽은 나물을 뜯으러 다니면서 동희 누나에게 더덕, 돌나물, 달래, 딱쥐를 비롯해 삽주, 원추리 등 수많은 풀 이름을 배웠다. 물론 산에는 누나뿐 아니라 동네 아주머니들이 함께 올라 나물을 뜯었다. 그때의 기억을 동엽은 시 「여자의 삶」에 생생하게 되살린다.

그리고 나는 보았지
송홧가루는 날리는데, 들과 산
허연 걸레쪽처럼 널리어
나무뿌리 풀뿌리 뜯으며

젊은 날을 보내던

엄마여,

누나여,

— 신동엽, 「여자의 삶」 중 36연, 『여성동아』, 1969.1

흰 옷 입은 사람들이 들과 산에서 허리를 굽히고 나무뿌리며 풀뿌리 뜯는 모습을 "허연 걸레쪽처럼 널리어"라고 표현한 것을 보면, 그 풍경이 시인에게 그리 아름답게 보이지는 않았던 모양이다.

이 인용 앞에 "여자는 집 / 집이다, 여자는 / 남자는 바람, 씨를 나르는 바람 / 여자는 집, 누워있는 집"(22연)이라는 시 구절이 나온다. 이 구절을 두고 이동하는 여자는 "누워있는 집"이라는 한 구절을 들어 "꼼짝도 못한 채 한 자리에 붙박여 남자라는 이름의 바람이 찾아주기를 기다리고만 있어야 한단 말인가"(이동하, 「신동엽론 – 역사관과 여성관」, 『한국현대시연구』, 민음사, 1989)라고 비평하기도 한다. 그래서 그는 신동엽의 역사관은 여성억압적이고 반성 없는 농본주의적 성향이라고 결론 짓는다. 이러한 평가는 이 시의 "선택하는 자유는 저한테 있습니다 / 좋은 씨 받아서 / 좋은 신성 가꿔보고 싶습니다"(13연)라는, 여성의 자율

성을 표현한 구절을 평자는 간과한 것이다.

시인은 다시 여자의 상징을 확장시켜서, 옥바라지하는 여자, 풀뿌리 뜯으며 가난 속에 살아가는 여자, 맨발로 삼십 리 길을 뛰는 한국 여인네를 말한다. 이러한 대목에서 위의 인용된 시 구절(36연)이 나온다. 결국 위의 인용 구절은 절망하고 숙명적인 여인을 표현하는 것이 아니다. 오히려 극한 상황에서도 평화를 일구어 내는 대지大地의 모성母性을 지닌 '위대한 어머니'를 표현하기 위한 시 구절이다. 이렇게 어떤 절망의 풍경도 신동엽의 언어가 놓이면, 시대를 극복해보려는 '낙관적인 비관주의'로 순식간에 역전되는 것을 그의 모든 시에서 경험하게 되는데, 이 시에서도 그러한 모습을 볼 수 있다. 어린 시절을 바라보는 그의 시에는 이렇게 낙관적인 극복의 의지가 발휘되곤 한다.

1938년 동엽은 여덟 살에 '부여 공립 진죠[尋常]소학교'에 입학한다. '진죠소학교'란 지금의 초등학교에 해당하는 일본의 학제로, 1942년에 폐지되고 '국민학교'로 불리기 시작한다. 놀랍게도 이 시기의 신동엽을 연구할 수 있는 사진과 자료가 풍성하다. 특히 지금까지 신동엽의 소학교 성적표가 1학년부터 6학년까지 모두 보관되어 있다는 점은 매우 흥미롭다. 일본에서는 지금도 성적표를 통신부通信簿라고 하는데, 동엽의 소학교 시절

통신부를 보면 신동엽의 어린 시절에 대해 몇 가지 중요한 사실을 확인할 수 있다.

첫째, 어린 동엽은 대단히 성실한 모범생이었다는 사실이다. 성적표를 보면, 동엽이 2학년 때부터 늘 상위 등급을 차지했으며, 4학년 2학기 때 반장, 5학년 1학기 때는 부반장을 했다는 사실을 볼 수 있다.

1939년도 2학년 성적표를 보면, 그는 1학기 6/80(80명 중 6등), 2학기 3/77, 3학기 4/77, 4학기 7/77로 늘 상위권을 유지한 것을 볼 수 있다. 또 성적표에는 쉬거나 게으름을 피우거나 하지 않고 학업에 힘썼다는 '정근精勤' 도장이 찍혀 있다. 다만, 동엽의 이 성적표에는 병으로 결석했다고 기록된 날이 잦다. 동엽이 어릴 적부터 그리 건강하지 않았던 것을 짐작할 수 있는 대목이다.

둘째, 파시즘 시대에 들어선 일제의 식민지 교육을 볼 수 있다. 이 성적표 가운데서 특이한 점은 1940년 3학년 성적표부터 그 첫 장에 천황에게 충성을 강요하기 위해 1937년 10월에 제정된 '황국신민의 서사誓詞'가 적힌 점이다. 1938년 1월 이후 모든 잡지에는 '황국신민의 서사'를 게재하도록 하여 이를 실행하지 않는 잡지는 불온 문서 취급을 받았다.

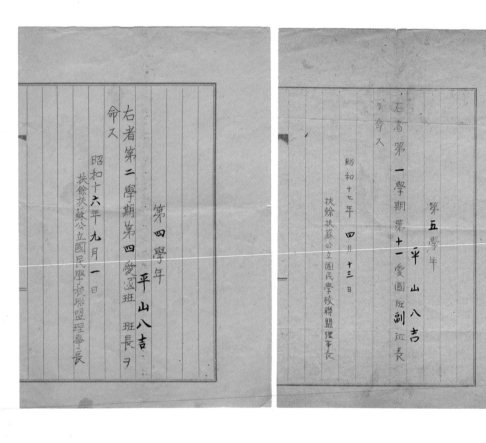

왼쪽 1941년 4학년 2학기 반장 임명장
오른쪽 1942년 5학년 1학기 부반장 임명장

좋은 언어로 신동엽 평전

| 신동엽의 초등학교 생활을 볼 수 있는 성적표 |

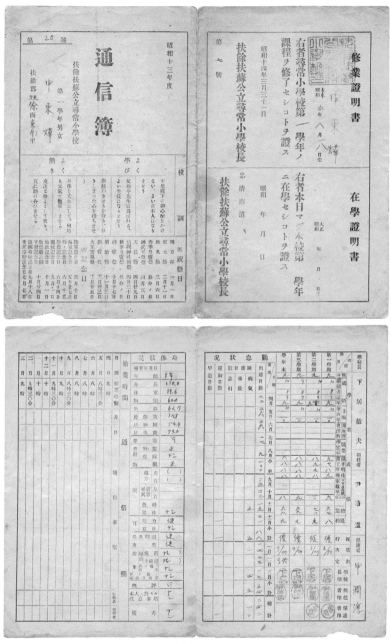

1938년도 1학년 성적표(1939년 3월 31일 발행) − (29.2×22.6cm)

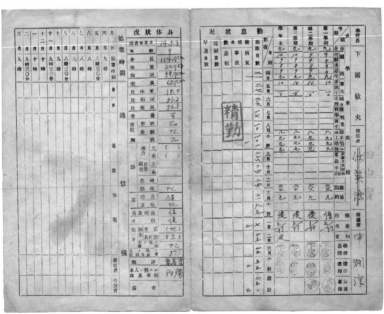

1939년도 2학년 성적표(1940년 3월 31일 발행) - (29.2×22.6cm)

좋은 언어로　　　　　　　　　　　　　　　　신동엽 평전

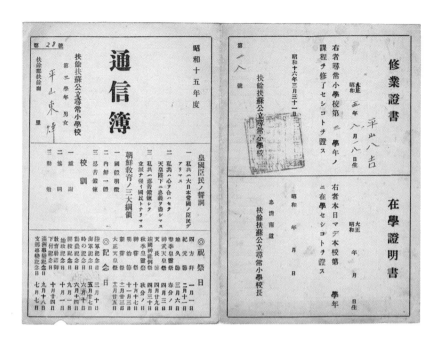

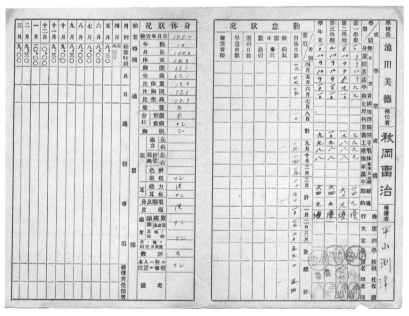

1940년도 3학년 성적표(1941년 3월 31일 발행) - (26×19.3cm)

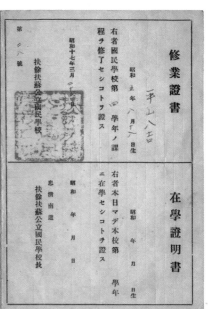

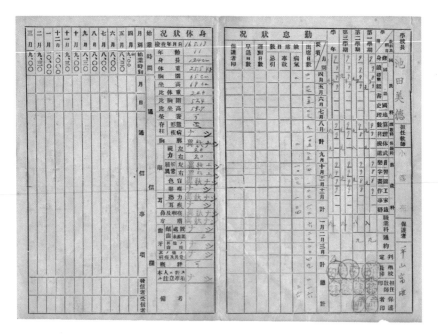

1941년도 4학년 성적표(1942년 3월 31일 발행) - (26×19.3cm)

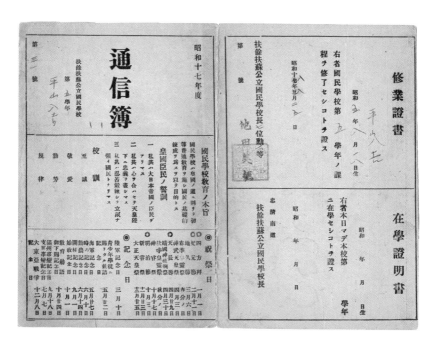

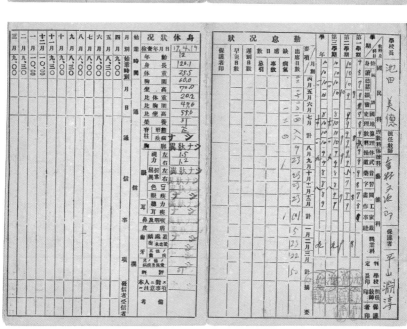

1942년도 5학년 성적표(1943년 3월 31일 발행) - (26×19.3cm)

25

이 맹세는 아동용와 일반용 두 가지로 만들어졌는데, 초등 정도의 학교와 각종 유소년 단체의 인쇄물에는 빠짐없이 첫 면에 이것을 게재해야 했다.

1. 우리들은 대일본제국의 신민입니다.
2. 우리들은 마음을 합하여 천황 폐하에게 충의를 다합니다.
3. 우리들은 인고단련하여 훌륭하고 강한 국민이 되겠습니다.

아동용 황국신민의 맹세는 어른용에 비해, 구어체인 '~습니다[~ます]'체로 하여 읽기 쉬운 문장으로 고쳐져 있다. 이 가운데 "훌륭하고 강한 국민이 되겠습니다"라는 내용은 어린이를 한 개인으로 보는 것이 아니라, 이미 군국주의의 "강한 국민國民"이 되어야 하는 존재로 본 것이다. 이는 아동까지도 군사적인 필요에 따라 동원될 수 있는 "국민"으로 교묘하게 호명한 것이다. 일제는 점차 "국민"이라는 단어와 그 이데올로기를 강조하면서, 1942년에 부여공립 '진죠소학교'를 부여공립 '국민학교'로 이름을 바꾼다. 이때 신동엽은 지금의 반장에 해당하는 애국반 반장이 된다.

셋째, 이 성적표에서 신동엽의 창씨가 "히라야마 야키치[平山

좋은 언어로   신 동 엽 평 전

八희]"였다는 사실을 확인하게 된다. 일제는 조선인을 "강한 국민"으로 통합시키기 위해 1939년 11월에 조선민사령朝鮮民事令을 발표하여, 1940년 2월부터 조선인 모두가 이름을 일본식으로 바꾸어야 한다는 창씨개명創氏改名을 시행한다. 일본식으로 이름을 바꾸지 않으면, 아이들은 각급 학교의 입학과 진학을 거부당했고, 이유 없이 질책을 받아야 했다. 행정기관에서는 이름을 바꾸지 않은 자의 민원 사무를 취급하지 않았으며, 식량과 물자 배급을 받을 수 없는 등 무차별한 차별이 가해졌다(宮田節子·金英達·梁泰昊,『創始改名』, 東京:明石書店, 1992, pp.104~108).

어쩔 수 없이 부친 신연순은 아들에게 일본식 이름을 지어준다. 1941년 3월 31일에 발행된 1940년도 2학년 성적표를 보면 신동엽의 성씨인 "신申" 씨가 "히라야마[平山]"로 바뀐 것을 볼 수 있다. 창씨개명이 시행된 지 막 1개월이 지난 때라 미처 이름까지 일본식으로 바꾸지는 못하고 "平山東曄"으로 써 있다. "동엽"이라는 이름만이라도 지키고 싶은 부친의 바람이 있었는지 모르나 확인할 길은 없다. "동엽"이라는 한자는 일본어로 읽기 어렵고, 특히 "엽曄" 자는 근대 이후 일본어에서 거의 쓰지 않는 한자이다. 그래서인지 이후 동엽의 이름은 완전히 일본식으로 바뀌어 "히라야마 야키치"로 써 있다. "야키치"라는 이름은 '8가지 좋은 복'이라는 뜻으로 에도시대 때 일본 평민에게 흔한 이름이다.

일제는 조선인을 제국의 "국민"으로 만들기 위해 성씨만 바꾼 것이 아니라, 철저하게 일본식 교육을 강요했다. 검도 사진을 보면 어린 동엽은 일본 야마토[大和] 정신의 상징인 머리띠, '히노마루노 하치마키[日の丸の鉢巻]'를 묶고 검도 자세를 취하고 있다. 오늘날 민족 시인으로 불리는 신동엽의 이미지와는 전혀 다른 파격적인 사진이다. 그러나 당시에는 그리 놀라운 풍경이 아니었다. 이 사진을 보고 신동엽이 친일을 했다고 한다면 그야말로 몰역사적이고 무분별한 태도다. 오히려 우리는 이 사진에서 군국주의가 한 아이에게 강요한 '국가의 폭력'을 볼 수 있다. "우리도 자라서 어서 자라서 / 소원의 군인이 되겠습니다 / 굳센 일본 병정이 되겠습니다"(이원수, 「지원병을 보내며」, 『반도노광』, 1942.8, 37면)라는 동시처럼, 당시 제국주의 일본은 군대식 놀이를 통해 아이들을 병정으로 의식화시켰다. 그들에게 아동은 장차 일본의 군인이 될 존재였다. 그래서 아이들을 황국 병정으로 의식화하는 놀이와 노래는 아주 일반적인 교육 프로그램이었다. 그 당시 국민학교령 제10조는 아이들에게 "강인한 체력과 왕성한 정신력이 국방에 필요한 까닭을 스스로 깨닫도

일제의 강압에 의해 '히라야마 야키치'로 창씨개명을
해야 했던 신동엽

일제의 검도 교육을 받았던 신동엽

록 가르칠 것"을 요구하고 있다. 특히 규칙적인 라디오 체조, 검도, 병정 놀이 등은 필수적인 교육 프로그램이었다.

신동엽이 검도 자세를 취한 이 사진 한 장에서, 어린 동엽의 긴장된 표정에서, 우리는 역설적으로 일본 제국주의의 상흔傷痕을 엿본다. 어쩌면 신동엽이 민족적 주체성을 탐구하고 나아가 동학東學을 연구하며, 민족서사시『금강』을 쓸 수 있었던 것은 이러한 상처가 있었기 때문일 것이다.

1942년 4월 1일 동엽이 5학년 때 일본인 교장은 '특별한 애'라고 칭찬하면서 조선 아이로서는 유일하게 신동엽을 뽑아 일본 여행의 기회를 준다. 가난하기 이를 데 없던 신동엽은 여행을 떠나기 어려웠으나, 민백기라는 선생의 여러 도움을 받아 일본을 다녀왔다고 한다. 이때는 일제가 전쟁을 치르던 때로 모든 학교는 군대식 교육을 하였고, 누런 빛깔을 띤 푸른 국방색 옷을 입도록 하였다. 동엽의 아버지는 일본에 갈 때 입을 새옷은 집에서 알아서 준비하라는 말에 잠시 걱정했다. 아버지는 부여읍에 있는 어느 가게 주인을 찾아 통사정한 끝에, 주인이 깊이 숨겨 둔 옷감 한 벌을 겨우겨우 얻어 여행 떠날 채비를 마칠 수 있었다.

1942년 4월 13일 대전에서 출발하여 15일간 일본 각지를 여

좋은 언어로　　　　　　　　　　　　　신동엽 평전

행한 이른바 '내지성지참배內地聖地參拜'란, 어린 학생들을 일본의 충실한 '국민'으로 만들기 위한 문화 교육의 하나였다. 당시는 가까운 산이나 들을 오랜 시간 행군하면서 "굳센 일본 정신"을 기르는 교육 프로그램이 많았다.

신동엽이 여행을 다닐 때마다 찍은 단체 사진을 보면 '내지 성지참배'의 성격을 보다 분명히 알 수 있다. 먼저 이들은 관서 지방의 나라[奈良]와 교토를 집중적으로 다녔다. 신동엽의 앨범 에는 일본의 옛 도읍인 나라에서 찍은 단체 사진이 몇 장 있다. 여기 실린 이 사진의 배경에는 56.4미터의 5층탑이 보인다. 이 5층탑은 부여 정림사 5층 석탑을 빼닮은 것으로 유명하다. 일 본은 이 탑을 일본 고대 문화의 자랑으로 삼는다.

다음 이들은 관동 지역 도쿄로 와서, 천황궁과 야스쿠니 신 사, 천황이 사는 니쥬바시[二重橋] 앞에서도 사진을 찍었다. 동엽 이 참여한 여행은 조선에 있는 학생들을 '내지內地'인 일본에 데 려가서 잘 먹이고 잘 입혀 "일본은 이렇게 좋은 나라다"라는 단 순한 생각을 심어 주는 것만이 목적이 아니다. 그것을 넘어 이 여행은 일본 정신의 근원인 고대사, 천황, 군국주의를 체계적으 로 교육시키는 세뇌 교육 프로그램이다. 이 여행이 얼마나 계 획적이고 체계적으로 이루어진 것이었는가 하는 것은, 아이들

일본 중부 나라[奈良] 지방의 법륭사 5층탑 앞에서 찍은 단체 사진. 앞줄 왼쪽에서 다섯 번째가 신동엽

좋은 언어로   신동엽 평전

이 입은 군복과 신동엽이 서 있는 위치로도 한 단면을 볼 수 있다. 신동엽은 모든 사진에서 맨 앞줄 왼쪽에서 두 번째나 다섯 번째 사이에 앉아 있다. 사진을 찍을 때도 고정된 자리가 있을 정도로 여행은 엄격했다.

동엽은 이듬해 봄 1944년 3월 22일에 소학교를 졸업한다. 이때 동엽은 표창장인 '선장장選獎狀'을 받는다. 당시에 모범학생은 상장과 함께 금전출납부 한 부를 받았다. 신동엽이 받은 선장장에는 이렇게 써 있다.

일상생활에서 선량하고 공부하면서 일을 싫어하지 않고 집안 일에도 열심으로 특별하여, 이로써 충청남도 아동장학자금에서 금 전출납부 한 책을 수여함.

1944년도 국민학교 졸업식에서 받은 선장장 – (38×26.8cm)

소학교 졸업 기념 수학여행 사진. 맨뒤 오른쪽에서 일곱 번째가 신동엽

入学許可豫定ニ關スル通知

氏名 平山八吉

右者本校尋高科入学志願ノ處第二次銓衡ノ結
果入学ヲ許可スル豫定ニツキ別紙入学評可豫
定有之候得了知ノ上斯速ニ左記書類提出相成度

此段通知ス

昭和二十年三月三日

官立 全州師範学校

記

一　誓　書（書式第一號）
二　資産證明書
三　入舍（通学・汽車通学）願（書式第二號）

1945년 3월 3일, 전주사범 입학허가 예정통지서

지금까지의 동엽의 삶으로는 그가 민족주의를 깨달았다는 어떤 자료도 확인할 수 없다. 조선朝鮮이란 그에게 어렴풋한 옛 나라 이름에 불과하고, 오히려 대일본제국이 그에게 확실한 조국이었는지도 모른다. 남아 있는 자료만으로 보면 그는 그저 착실한 우등생이었다. 그는 수석으로 소학교를 졸업하지만 너무도 가난했기에 바로 상급학교로의 진학이 어려워 1년간 휴학을 한다. 안타까운 사정을 안 당시 담임선생 김종익 씨(후에 국회의원이 됨)는 신동엽에게 전주사범에 시험을 치도록 권했다. 시험은 2월 18일부터 20일까지 사흘 동안 계속되었다. 이때 김종익 씨는 전주사범학교에 15명의 학생을 추천했으나 그 가운데 동엽만이 합격했다.

1945년 4월부터 신동엽은 전주사범에서 공부할 수 있었다. 동엽은 키가 작아서 맨 앞줄에 앉았다. 동엽과 같은 반에는 나중에 유명한 소설가가 된 하근찬도 있었다. 하근찬은 키가 커서 뒷자리에 앉았기 때문에 동엽과 친하게 지낼 기회는 별로 없었다. 나중에 동엽이 작가가 되고 나서 하근찬과 다시 만나고, 하근찬은 동엽의 일생 친구가 된다.

전주사범에는 재미있는 별명으로 불리는 아이들이 있었다. 흔히 시골 출신을 '재래종'이라고 불렀는데, 동엽에게도 재래

전주사범 시절 사진. 앞줄 왼쪽 두 번째가 신동엽

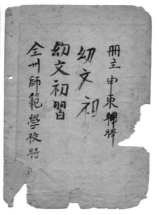

전주사범 시절 한문 학습서 『언토 유문초습』

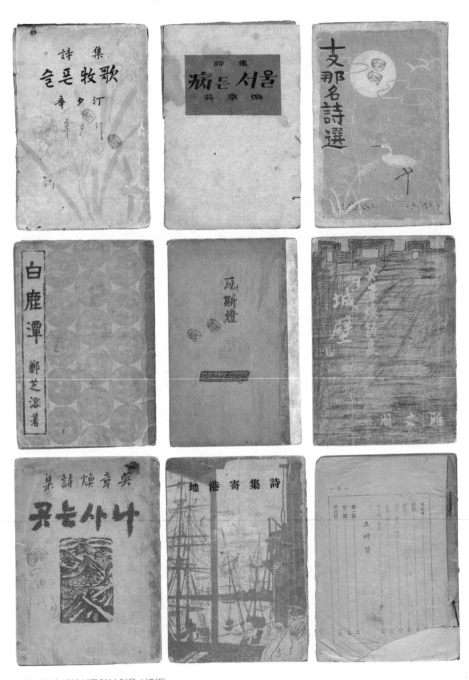

전주사범 시절 신동엽이 읽은 시집들

좋은 언어로　　　　　　　　　　　　　신동엽 평전

종이라는 별명이 붙었다. 다른 학생들이 "어이 재래종, 잘 있었
어?" 하고 부르면 동엽은 씨익 웃기만 했다고 한다. 재래종이라
는 별명에는 외진 시골에서 자란 시골뜨기가 그 어려운 전주사
범에 당당하게 들어왔다는 뜻도 포함되어 있었기 때문이다.

　동엽은 전주사범에 유학하면서 가끔 집에 다녀갔다. 다른 학
생들은 으레 집에 갈 때면 쌓아 둔 빨랫감을 가져갔지만, 효심
이 많은 동엽은 고생하시는 어머니를 생각하여 자기가 직접 옷
을 빨아 입었다. 행여 해진 옷이라도 있으면 흰 실로 꿰맨 뒤 그
위에 먹칠을 하여 입고 다녔다.

　동엽이 전주사범을 다니던 때는 일제강점기 말기로, 비가 올
때 외에는 교실에 앉아 공부하는 날이 거의 없었다. 날이면 날
마다 근로 봉사라 하여 산으로 들로 일하러 다니던 시절이다.
게다가 동엽은 제대로 먹지도 못하면서 틈만 나면 밤을 꼬박
새워 가며 책을 읽어 몸이 말이 아니었다. 식사라고 해 봐야 잡
곡이 반도 넘게 섞인 주먹밥 한 덩이와 멀건 된장국에 장아찌
한 쪽이 전부였으니, 하루하루 눈은 퀭하니 꺼져 들어가고, 볼
은 홀쭉해지고, 몸은 앙상해졌다.

　하루는 아버지 신연순 씨가 전주사범 기숙사에 있는 신동엽
을 만나러 왔다. 그는 동엽이 형편없는 식사를 하고 있는 것을

보고 몹시 놀랐다. 그래서 학교에 편지를 보냈으나, 학교 측의 답변은 "나라가 어려운 때라, 참으며 단련해야 한다"는 말뿐이었다. 그날 이후 음식을 해서 한 달에 몇 번 부여에서 익산을 거쳐 전주까지 자전거로 10시간 정도를 왕래했다고, 이후 시인의 부친 신연순 옹은 회상했다.

동엽은 학교에서 필요 없는 일에는 시간을 헛되이 쓰지 않았다. 동엽은 지나칠 정도로 조용하고 말이 없었다. 그는 '세계문학전집' 같은 문학책을 옆구리 끼고 기숙사와 교실 사이를 말없이 오갈 뿐이었다. 그는 『노자』, 『장자』 책을 항상 끼고 다녔다고 한다. 이 외에 김소월 시집, 엘리엇 시집, 투르게네프 산문집 같은 문학 서적과 러시아의 무정부주의자 크로포트킨의 책 등 다양한 책이 있었다.

조금 커서는 외국 시인들의 시와 우리나라 시인들의 시집을 많이 읽었다. 신석정 시인의 『슬픈 목가』, 정지용 시인의 『백록담』, 오장환 시인의 『병든 서울』 등 전통적인 서정시집과 모더니즘 계열의 시집을 폭넓게 읽었다.

무엇보다도 아나키즘을 주장한 크로포트킨의 책은 동엽에게 많은 영향을 끼쳤다. 아나키즘이란 어떤 체제나 한 사람이 많은 사람을 지배하는 세상을 반대하는 사상이다. 개인이 권력의 간섭을 받지 않고 자유롭게 살기를 바라는 아나키즘에 찬성한 동엽은 사회주의나 자본주의 어느 한쪽에 쉽게 찬성할 수 없었다.

한편 이 무렵 태평양전쟁은 점점 일본에 불리해졌다. 세계 평화를 지키려는 연합군에게 일본군은 곳곳에서 패하기 시작한다. 그런데도 일본은 여전히 라디오 방송으로 종일 군가와 행진곡을 틀어 주면서 일본군이 계속 이기고 있다고 거짓말을 했다.

제2부

1946~1953

조국의 백성들은 헐벗은 거지가 되어 남으로 북으로 돼지떼처럼

몰려다닌다. 이방인들은 내 나라 동포들과의 협조 아래 내 나라 내

백성들의 도시와 농촌을 모조리 회진灰塵시키고 말았다. 가는 곳마다 기아에

기진맥진한 백성들은 마지막 남은 기력을 다하여 도적과 사리私利와 도략과

아부와 모략과 상쟁을 지속하고 있다.

전쟁과 민족

가슴팍에 땀이 줄줄 흐를 만큼 더웠던 1945년 8월 15일, 동엽은 믿기 어려운 해방의 소식을 들었다. 며칠 동안 만세 소리가 전주 시내에 요란했고, 일본인 선생이 하나둘 떠나기 시작했다.

일본군이 물러간 자리에 미군이 들어오면서 새로운 문제들이 생겨나기 시작했다. 어느 날, 전주 시내 위로 미군 비행기가 지나가면서 포고문을 뿌렸는데, 그 내용은 미군이 '해방군'이 아니라, 또 다른 '점령군' 자격으로 우리나라에 왔다는 것을 알리는 것이었다. 북쪽에는 소련군이 들어와 삼팔선 이북을 다스렸고, 남쪽 역시 일본 대신 미군이 들어와 있을 뿐, 사정이 크게 달라진 것은 없었다. 게다가 학생들은 북쪽을 지지하는 좌익과 남쪽을 지지하는 우익으로 나뉘어 매일 싸웠다. 동엽은 어느 쪽도 지지하지 않고 아나키즘(반권력 평화주의)을 지지했다. 동엽은 양쪽 모두에게 환영받지 못했다. 동엽은 우익 학생과 좌익 학생 모두에게 끌려가 매를 맞았다. 이 사건은 신동엽이 체험한 최초의 '분단分斷'이었다. 모든 권력에 반대하고 '중립'에 있기를 바라는 동엽의 소박한 민족주의를 우익이나 좌익 학생 모두 이해할 수 없었다.

게다가 동엽은 해방이 되었는데도 친일파들이 여전히 활개

전주사범 시절. 맨 오른쪽이 신동엽

를 치고 다니는 세상을 참을 수가 없었다. 가장 중요한 토지법이 광복 이전 그대로 유지되어 친일파의 땅은 여전히 그들 소유였다. 동엽은 몇몇 친구들과 모이면 이 일에 대해 고민했는데, 이 모임이 '민주학생연맹'이다. 이승만 정권은 점점 자신들에게 반대하는 사람들을 무조건 빨갱이로 몰아가고 있었다.

전주사범 학생들은 대다수가 농촌 출신의 가난한 수재들이었다. 어릴 때부터 농촌의 어려운 현실을 몸으로 겪어온 학생들에게 토지 개혁은 아주 중요한 문제였다. 해방이 되었는데도 농촌에는 근본적인 변화가 없으니, 전주사범 학생들은 토지 개혁을 요구할 수밖에 없었다.

누가 주동자였는지 모르지만, 어느 날 갑자기 학교가 온통 소란스러워졌다. 동엽도 이 운동에 참여하여 친일파로 꾸려진 정부에 맞섰다. 이 일로 인하여 동엽은 결국 학교를 졸업하지 못한다. 지금으로 말하면 고등학교 2학년쯤 되는 사범학교 4학년 때, 그러니까 1948년 늦가을 18살의 동엽은 무단 장기 결석이라는 이유로 퇴학을 당하고 만다.

퇴학당한 동엽은 바로 부여로 향했다. 그는 금강 줄기를 거슬러 올라가는 조그만 발동선 갑판 위에 서서 부여 땅을 바라보며 고향으로 돌아왔다. 가난한 아버지의 꿈을 저버린 자신의

전주사범 시절 단체 사진. 둘째 줄 오른쪽에서 네 번째가 신동엽

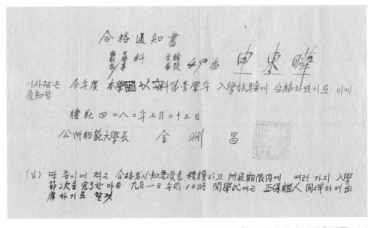

1949년 7월 23일 공주사범대 합격통지서

행동이 마음에 걸렸지만, 한편으로는 담담했다. 당연히 해야 할 일을 했다고 생각했기 때문이다.

집에 돌아온 동엽은 오랜만에 친구들을 만나고, 집 가까이에 있는 부소산에 오르기도 했다. 학교가 많지 않던 시절이라 동네 사람들을 집으로 불러 글을 가르치기도 하고, 전주사범에서 퇴학당했지만, 교원 자격은 인정되어 근처에 있는 어느 초등학교 선생으로 일하기도 했다. 그러나 동엽은 오래 전부터 생각해온 대로 대학에 가서 공부하고 싶었다.

동엽은 해가 바뀐 1949년 7월 23일에 공주사범대에 합격하지만 서울에 가서 공부하고 싶은 열망이 더 컸다. 동엽처럼 가난한 시골 출신이 서울에 있는 대학에 진학한다는 것은 무척 어려운 일이었다. 아버지도 출세를 하려면 대학에 진학하는 방법밖에 없다는 것을 알고는 있었지만, 진학에 필요한 돈을 마련하기가 여간 부담스러운 게 아니었다.

1949년 어느 날, 19살의 동엽은 집에다 자세히 말도 하지 않은 채 서울로 올라와 단국대 사학과에 입학원서를 낸다. 그때는 대학에 들어가기가 지금처럼 힘들지는 않았으나 문제는 등록금이었다. 동엽은 대학에 입학원서를 냈다는 것과 등록금으로 2만 원이 필요하다는 사실을 아버지에게 알렸다. 아버지는 밭 6백 평을 어렵게 팔아 등록금으로 보냈다.

1949년 9월 동엽은 단국대 사학과에 입학한다. 동엽은 어려운 형편 때문에 출판사, 철공소 등 닥치는 대로 일을 했고, 친구들이 버린 운동화를 주워 깨끗이 빨아 신고 다니기도 했다.

나라의 상황은 장마철의 먹구름처럼 계속 어둡기만 했다. 중요한 민족 지도자이던 김구 선생은 이승만 파의 안두희 소위에게 암살당하고, 친일 세력은 이승만 정권의 보호를 받으며 계속 활개를 치고 있었다.

게다가 동엽이 두 번째 학기를 마치기도 전, 1950년 6월 25일 우리 역사에 쓰라린 상처로 기록된 한국전쟁이 일어난다. 동엽은 서울에서 부산으로 피난을 갔다가 부여로 돌아갔다.

동엽의 고향 부여는 7월 15일경 인민군의 손에 들어간다. 인민군은 부여에 들어오자마자 부자들의 토지를 압수해 농민들에게 나누어 주는 일 등 조직 사업을 펼쳐 부여를 공산주의식으로 이끌려고 했다. 이들은 부여에 남은 젊은이로 여러 단체를 꾸려 일을 추진하게 했다. 민주청년동맹, 여성동맹, 직업동맹, 농민동맹 따위가 속속 조직되었다. 동엽은 조용히 지내려 했지만 인민군은 그를 내버려 두지 않았다. 똑똑하기로 소문났고, 전주사범 시절 동맹 휴학에 참여한 적이 있는 동엽을 인민군이 조직의 일

꾼으로 쓰고 싶어한 것은 어쩌면 당연한 일이다. 인민군은 동엽이 민주청년동맹의 선전부장으로 일해 주기를 끊임없이 요구했고, 그 바람에 동엽은 두 달 동안 일하게 된다.

이 시기에 동엽이 정말 공산주의에 찬성해서 민주청년동맹의 선전부장을 했는가라는 물음에 대해 지금도 여러 의견이 있다. 물론 동엽은 모든 사람이 평등하게 살아야 한다는 생각에는 당연히 공감했다. 동엽이 오토바이 뒤에 타고 다니면서 토지 개혁에 관한 벽보를 열심히 붙이는 것을 봤다는 사람도 있고, 공산당을 지지하는 빨치산을 따라 가끔 깊은 산으로 들어가는 걸 보았다는 사람도 있다. 그래서 신동엽을 '빨갱이'라고 하는 사람도 있다.

반대로 신동엽이 공산당원이 아니라는 근거도 있다. 첫째, 신동엽이 선전부장으로 있을 때 피해를 입은 사람이 없다는 것이다. 둘째, 부여가 공산당에 점령당했을 때, 공산당에 반대하는 우익의 총책임자가 신동엽의 집에 숨어 있었다는 증언이 있다. 셋째, 전주사범 시절부터 모든 권력에 반대하는 아나키즘을 지지한 그가 공산주의를 지지할 리가 없었다. 사회주의 체제 역시 소수의 프롤레타리아가 권력을 쥔다는 점에서 동엽은 당연히 찬성하지 않았을 것이다.

신동엽의 기타치는 모습

이후 그의 시세계를 보아도 동엽은 아나키스트이지, 사회주의자는 아니다. 이런 이유로 보아 신동엽이 사회주의 사상에 완전히 찬성하지 않았다고 보는 견해가 지배적이다.

이 시기에 동엽은 금강에서 가까운 고아원에 가끔 찾아가 아이들과 놀아 주었다. 그 고아원에는 동엽의 친구가 일하고 있었다. 동엽은 고아원 아이들의 머리를 깎아 주기도 하고, 기타를 치면서 가사를 지어 노래를 가르쳐 주기도 했다.

1950년 9월 15일 새벽 6시, 미군의 전함 포격과 함께 인천상륙작전이 시작된다. 남북의 전세는 순식간에 뒤바뀌어 이제는 연합군이 낙동강 전선을 돌파하고 서울을 향해 탱크를 몰기 시작한다.

인민군 치하에서 두 달 보름 정도를 보낸 동엽에게 이제 또다른 위험이 닥친 셈이다. 그가 원했건 원하지 않았건 일단 인민군을 도왔으니, 연합군이 들어오면 그는 위험한 입장에 처할 것이 뻔했다. 동엽의 처지를 걱정하는 친구들이 모였다. 후배들도 잡히면 죽는다며 걱정을 했다. 동엽은 일단 살아남아야 한다는 생각으로 부산으로 갔다.

부산은 전국 각지에서 피난 온 사람들로 북적거렸다. 어떤 사람들은 산비탈 아무 데나 터를 잡아 움집을 짓고 살았다. 동엽이 특히 부산으로 피신한 까닭은 전쟁 중에 여러 대학교가 함께 수업을 하는 전시연합대학이 있었기 때문이다. 동엽은 단국대 학생이었기 때문에 이 학교에 들어갈 수 있었다. 전쟁 중의 학교 건물은 판자로 얼기설기 엮어 놓은 판잣집 같았지만, 학교에서 공부를 계속할 수 있다는 것만으로도 여간 다행한 일이 아니었다.

혼란스러운 와중에 동엽은 국민방위군 소집 영장을 받았다. '국민방위군'이란 1950년 12월 모든 장정을 군인으로 확보하기 위해 만든 것으로, 이는 중공군이 인해전술로 북한 지역을 휩쓸며 내려오는 것에 대항하기 위함이었다. 이 법에 따라 17살부터 40살까지의 남자 50만 명을 군인으로 확보하였다. 동엽은 소집 영장을 쥔 채 국민방위군으로 대구에 수용당한다. 국민방위군은 말만 군대일 뿐, 그야말로 엉망진창이었다. 먹을 것도 덮을 이불도 없이 짐승처럼 살아야 하는 군대생활이었다. 결국 먹을 것을 제대로 못 먹은 군인들이 하루에도 몇십 명씩 굶어 죽는 무서운 일이 잇달아 일어났다. 아침에 일어나면 바로 옆에서 죽어 있는 전우를 확인해야 할 정도였다. 차마 눈 뜨고 볼 수 없는 비참한 현실이었다.

국민방위군 문제에 대한 여론이 들끓었다. 정부는 1951년 4

월 30일 드디어 국민방위군을 해체하고 전국 방방곡곡에서 소집한 군인들을 모두 고향으로 돌려 보낸다. 동엽은 국민방위군이 해체되기 전인 2월쯤 대구 수용소를 빠져나와 부산에서 소집된 동료 방위군들과 함께 부산으로 갔다.

동엽이 부산으로 갈 때는 이미 골병이 들어 거의 탈진 상태였다. 동료 방위군도 보기에 처참할 지경이었다. 심지어 동상에 걸려 썩은 다리를 겨우 끌고 가는 사람도 많았다.

동엽의 머릿속에는 간간이 죽음이라는 단어가 떠올랐을 것이다. 뺨을 에는 매서운 꽃샘추위와 창자가 꼬이는 배고픔 속에서, 동엽은 죽을 바에는 고향에 가서 죽자는 생각으로, 아니 오직 살아야 한다는 절박한 의지만으로, 발길을 돌려 부여 쪽으로 걷기 시작했다. 동네가 나오면 구걸을 하고 배가 고파 지칠 때는 보이는 대로 아무거나 먹으면서 계속 걸었다. 어느 날, 동엽은 낙동강변을 지나다 배고픔을 참다못해 딱딱한 게를 잡아 날로 먹었다. 배고픔 때문에 날로 먹은 이 게가 뒷날 동엽의 건강을 극도로 악화시키는 디스토마의 원인이 될 줄은 상상도 못했다.

동엽이 천신만고 끝에 고향집 마당에 쓰러지다시피 들어선 것은 4월 말쯤이다. 동엽은 군데군데 살이 찢기고 수척해져 사람의 몰골이 아니었다. 집안은 온통 울음바다가 되었다. 동엽이

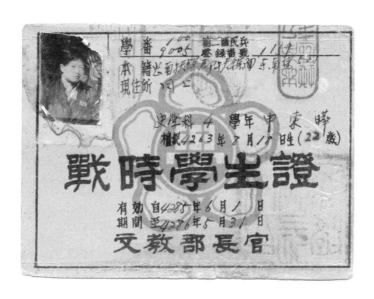

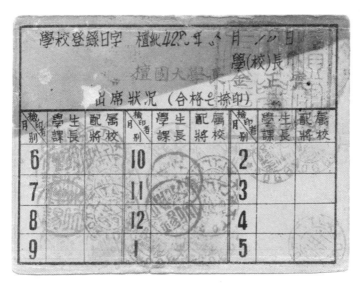

1952년 6월 1일 전시연합대학 학생증

살아서 돌아왔다는 기쁨보다는 그 비참한 모습이 식구들의 가슴을 찢어 놓았다.

아버지와 어머니는 동엽에게 죽을 끓여 먹이고, 씻기고, 옷을 갈아입혔다. 이때부터 동엽은 기나긴 요양생활을 시작한다. 그나마 다행이라면 반주검이 되어 돌아온 동엽에게 예전의 일로 시비를 거는 사람이 없었다는 것이다.

동엽은 봄이 지나고 여름도 거의 지날 무렵이 되어서야 웬만큼 기력을 찾았다. 얼마 뒤 동엽은 아버지가 마련해 준 학비를 가지고 이번에는 대전으로 갔다. 대전에 있는 전시연합대학을 끝까지 다녀서 공부를 마칠 생각이었다. 이 무렵 전쟁은 38선 근처에서 치열하게 맞붙고 있었다.

동엽은 전시연합대학 교정에서 책을 읽다가 오래 전부터 알고 지내던 친구 구상회를 만난다.

둘은 함께 자취생활을 하면서 시나 수필을 써서 서로 보여주기도 하고, 1951년 여름에는 곰나루를 찾아가 보는 등 고적 답사도 한다. 특히 1951년 가을부터 1년 남짓한 기간 동안 시간이 있을 때마다 충청남도 일대 사적지를 열심히 찾아다녔다. 동엽은 부여 출신으로 백제의 유적지를 안내하고, 공주 출신인 상회는 봉황산, 동혈산, 우금치, 곰나루 등 갑오농민전쟁의 전적지를 안내해 주었다. 그들은 갑오농민전쟁의 지도자 전봉준이 살던 마을도 찾아가 보았다. 이를 계기로 동엽은 갑오농민전쟁과 관련된 문헌 자료를 모으는 한편, 사적 답사의 범위를 넓혀 논산으로, 더 나아가 정읍의 황토현을 비롯한 전라북도 일대로, 멀리는 해남 지방까지 발길을 옮긴다. 동엽에게는 정말 소중한 체험이었다. 이러한 체험은 동엽이 시를 쓰는 데 밑바탕이 되었다.

당시 1950년대의 예술계는 서구의 실존주의나 모더니즘이 유행이었다. 이러한 추세에 신동엽은 동의할 수 없었다. 식민지와 전쟁을 체험한 동엽은, 비극적인 현실을 외면하고 무시하는 모더니스트의 문학을 극도로 비판한다. 동시에 작가의 현실 참여적인 창작 자세를 고민한다. 동엽은 전쟁의 충격을 이렇게 진술한다.

만약에 발레리라면 남북이 피투성이가 되어 싸우고 있는 금일의 조선에 생존하여 그의 절친한 가족의 하나가 어느 편한테 희생되었다고 하자. 그래도 발레리는 그러한 난해의 시를 썼을까.

— 신동엽, 「발레리를 읽고」(1951.11.5), 『젊은 시인의 사랑』, 실천문학사, 1998, 240면

조국의 백성들은 헐벗은 거지가 되어 남으로 북으로 돼지떼처럼 몰려다닌다. 이방인들은 내 나라 동포들과의 협조 아래 내 나라 내 백성들의 도시와 농촌을 모조리 회진灰塵시키고 말았다. 가는 곳마다 기아에 기진맥진한 백성들은 마지막 남은 기력을 다하여 도적과 사리私利와 도략과 아부와 모략과 상쟁을 지속하고 있다.

— 신동엽,「동란과 문학의 진로」, 위의 책, 248~249면

1951년 말에 쓰인 이 글에서 올바른 문학인의 바람직한 태도와 사회적 역할에 대한 신동엽의 당찬 다짐을 확인할 수 있다. 두 번째 인용 글에 이어서 그는 "작가나 시인의 능동적 주체의 확립"(249면)이 필요하다고 말한다. 능동적 주체란 "결코 협소한 자기만족적 자아가 아니어야 하며 어디까지나 민족과 인류가 갈망하는, 인간생활의 보다 나은 행복의 지표를 둔 보편적 자아"라고 설명한다. '능동적 주체'라는 개념은 그의 대표적인 평론「시인정신론詩人精神論」(『自由文學』, 1961.2)에서는 '전경인全耕人'이라는 단어로 표현된다. 현실과 일치된 글을 쓰고 싶어 한 동엽에게 당시 현실을 외면했던 모더니즘 계열의 시들은 비겁해 보였다. 신동엽은 단국대를 졸업한 1953년 4월 2일 일기에, 당시 쏟아져 나온 시집들을 읽은 감상을 밝힌다. 바로 그즈음에 나온 시

들이란 "뚱단지 같은 군소리들만 씨부렁"거린다는 것이다.

> 그들은 주력을 잃은 역사의 패잔병들, 뚱딴지 같은 군소리들을
> 씨부렁거리면서 뒷전으로만 배회한다. 그들로부터 힘은 완전히 거
> 세되었다. 마치 바람빠진 고무풍선처럼 축 늘어졌다.
>
> — 신동엽, 「1953년 4월 2일」, 위의 책, 85면

동엽이 전쟁 체험을 상징적으로 재현한 시는 「진달래 산천」
이다. 여기서 동엽은 한국전쟁이란 강대국들의 이념과 이해로
야기된 전쟁이며, 이러한 싸움에 동족이 몽매하게 밀어 넣어진
것이라고 밝힌다.

> (2연)
>
> 잔디 밭엔 長銃을 버려 던진 채
>
> 당신은 잠이 들었죠
>
> 햇빛 맑은 그 옛날
>
> 후고구렷적 장수들이
>
> 의형제를 묻던,
>
> 거기가 바로

그 바위라 하더군요.

(…중략…)

(10연)
기다림에 지친 사람들은
산으로 갔어요.
그리움은 회올려
하늘에 불 붙도록
뻣섬은 썩어
꽃죽 널리도록

— 「진달래 山川」 중 2연과 10연, 『52인 시집』, 신구문화사, 1959

신동엽이 시인이 된 다음 처음 이 시를 발표했을 때 어떤 시
인은 이 시가 빨치산을 미화한 것이 아니냐며 해코지를 했다.
문공부(현 문화관광부)는 이 일로 조지훈, 구상 등 원로 시인에게
이 시를 어떻게 보아야 할지 의뢰한다. 다행히 원로 시인들은
시의 비유며 상징 등의 특성을 들어 이 시를 옹호했고, 신동엽
시인은 위기를 모면한다. 물론 "기다림에 지친 사람들이 산으

檀紀4284年
西紀1951年 第一學期

國文學史講義案

擔任敎授　池憲英

○ 序說
　1. 文化의意義　文化의 社會性과 心理性
　2. 文學이란? (文學의 對象과 民俗學의 對象)
　3. 文化史의方法, 文學史의 把握 分類

○ 文化史上에 있어서의 文字使用 의 厂史的意義
　1. 原始文化의 共同性 (産業技術과 精神的 紐帶의 傳承過程)
　　a) 文學과 言語音
　　b) 言語와 文學
　　c) 個人의 發見과 宗敎 學術 藝術 技術의 分業分化
　　d) 政治의 發見
　2. 文學과 時代 及民族性
　　　(社會經濟史, 政治史, 文化史, 藝術行史와의 關連問題)
　3. 國文學史의 時代區分의 問題
　　a) 우리 말 文學會, 金思燁, 趙潤濟 諸氏諸說.
　　b) 如何히 區分할까?
　4. 文獻學的方法과 樣式史的方法
　5. 時代樣式. 民族樣式. 年合과 世代의 다름. 精神史로써의 文學史.

○ 國文學의 淵源과 地盤
　1. 中國史書의 批判
　2. 記錄의 編頒와 偏在 (貴族社會制度의 樣相)
　3. 韓의 社會의 原始性
　　a) 祝詞. 祭儀. 歌謠
　　　正神歌. 兇事歌. 治詞歌
　　　{ 巫覡과 神歌. shirmanism. 人類學의 方法
　　　{ 따름다리(打令). 스리스리랑 아리아리랑 奈雜의嘆.
　　b) 勞働謠
　　　cf. 강강수월레 둥둥다리. 어랑어랑.
　4. 國史記錄의 特殊性
　　a) 三國史記와 三國遺事의 史料批判
　　b) 國文學과 神讖的傳說.
　5. 神話. 傳說. 說話의 社會性. 心理性.
　6. 叙事詩의 缺如 (矢垖說話. 英雄傳)
　　　[花郎古事. 壯烈古事]
　7. 文化의 交流 (外來文化와 固有文化)

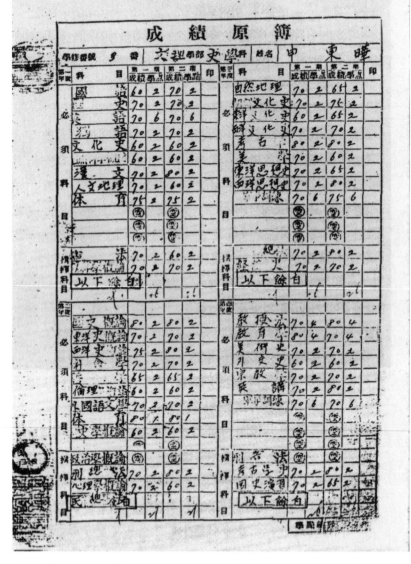

단국대 사학과 시절 성적원부

1953년 전시연합대학 중의 하나였던 단국대 졸업식 사진. 뒷줄 오른쪽에서 두 번째가 신동엽

친구 조선영, 노문과 함께. 왼쪽이 신동엽

로 갔다"는 표현 등을 들어 빨치산을 묘사했다고 생각할 수도 있다. 그러나 이 시를 기껏 빨치산에 대한 칭송 정도로 왜곡하는 협소한 이해력, 시의 한 구절만을 들어 전체를 엉뚱하게 해석하는 황당한 이해력은 난감하기 짝이 없다. 신동엽이 「진달래 산천」에서 강조한 것은 동족상잔의 비극이며, 그것이 다시는 반복되어서는 안 된다는 역사적 증언이자 의지이다.

그는 특이하게 동족상잔의 비극을 고구려 시절 전설과 연결하여 설명한다. 2연에, '당신'으로 지칭한 어느 병사의 주검이 바위에 누워 있다. 동족인 형제에게 죽임을 당한 어느 병사는 땅에 묻히지도 못한 채 바위에 버려져 있다. 그 바위는 후고구려 장수들이 의형제를 묻었다는 그 바위다. 작가는 후고구려 때의 전쟁이나 한국전쟁 모두 동족 간의 비극이었음을 아프게 전하고 있다.

10연에서는 너무도 비극적인 정황을 역설적이게도 아름다운 상징으로 드러내 보인다. 가족들의 불붙는 그리움과 죽은 사람의 뼈가 붉은 진달래로 피어나 산천을 뒤덮는다는 상상력, 단 4행에 응축한 상징은 독자의 마음에 뜨겁게 퍼지면서 비극적 울림을 생생하게 전한다. 이런 점에서 이 시는 1950년대의 다른 전쟁시, 곧 맹목적인 멸공시나 문명비판적인 시(김응교, 「분

단국대 사학과 졸업사진

좋은 언어로   신 동 엽 평 전

단극복과 시의 실천」, 『사회적 상상력과 한국시』, 소명출판, 2002)와는 판이한 면모를 보여 준다.

한국전쟁은 동엽에게 평생 떼어놓을 수 없는 현실적인 태도를 가르쳐 주었다. 이제까지 신동엽의 현실의식에 대한 평가는 4·19 이전에는 추상적이었는데, 4·19 이후에 구체화되어 간다는 단순한 평가가 일반적이다. 그러나 한국전쟁 시기에 그가 썼던 메모와 일기문, 습작시를 볼 때, 그의 역사의식은 이미 한국전쟁 시기에 형성되었으며 이후 부단한 현실 저항의지로 표출되고 있다.

신동엽의 단국대 성적원부를 보면 그의 관심사를 볼 수 있다. 그가 '고고학'과 '고고학사'를 들은 것에서 그의 역사에 대한 관심을 엿볼 수 있고, 선택과목으로 '법률학개론', '경제학', '정치학개론', '형법' 등을 수강한 데서 사회과학에 대한 관심도 읽을 수 있다. 특이한 점은 그가 문학수업을 1학년 때 교양과목으로 들은 것 외에는 듣지 않았다는 점이다.

제3부

1953~1958

동엽은 소녀의 어깨 너머로 책 한 권을 건넸다. 소녀는 목소리의 주인에게서

책을 받으려고 돌아서는 순간, 자연스레 동엽의 눈과 마주쳤다. 몇 번

본 적은 있으나 이날따라 숨길 수 없는 탄성이 소녀의 마음 깊은 곳에서

흘러나왔다. 비록 작달막한 키에 빛바랜 허름한 군복 점퍼를 걸치고

있지만, 크고 빛나는 그 눈빛은 소녀의 마음을 눈 깜짝할 사이에 송두리째

사로잡았다.

풀
잎
사
랑

1953년 이른 봄, 동엽은 폐허로 변한 서울에 발을 들여 놓았다. 전시연합대학을 졸업하고 구상회와도 떨어져 혼자가 되었다.

동엽은 아버지에게 대학 졸업장과 졸업 사진만 보내고 서울 돈암동 네거리에 고향 선배가 차린 서점 일을 돕기로 하였다. 사실 이때 동엽은 책방에서 일하는 점원이나 마찬가지였다.

이 책방에서 동엽은 두 명의 중요한 인물을 만난다. 그중 한 명은 고려대 철학과를 졸업하고 청량리에서 셋방살이를 하고 있던 현재훈이고, 또 다른 한 명은 동엽의 시에 사랑의 의미를 채워준 소녀 인병선이다.

현재훈은 후에 1959년 잡지 『사상계』에 소설 「분노」를 발표하면서 등단한다. 동엽과 현재훈은 도스토예프스키와 기독교에서 비롯한 신에 대한 이야기를 자주 주고받았다. 동엽은 그와 대화를 나누는 기쁨만으로는 마음속에 자리잡은 외로움을 완전히 몰아낼 수 없었다.

1953년 7월 27일, 남한과 북한은 휴전협정을 맺는다. 휴전 반대 시위가 거리를 휩쓸던 여름이 지나고, 가을이 지나고, 겨울의 문턱이 다가왔다. 하루하루 날씨가 쌀쌀해지면서 동엽은 길가에 구르는 낙엽처럼 온몸으로 외로움을 느끼는 날이 많아졌다. 겨울치고는 따스한 어느 날이었다. 마침 일요일이라서 거리는 한산하고, 책방에 오는 사람도 그리 많지 않았다. 그때 책방으로 단발머리에 초롱초롱 눈이 빛나는 소녀가 들어온다. 사실 이 소녀는 이 책방이 처음은 아니다. 그 전에도 몇 번 온 적이 있었다. 철학과를 지망하고 있던 이 소녀는 철학 서적 같은 전문 서적을 찾고 있었다. 월간지나 문예지는 입구 쪽 좌판에 깔려 있었으나 전문 서적은 찾기가 쉽지 않았다. 그때 옆에 서 있던 동엽은 소녀 뒤에서 굵직하고 나지막한 목소리로 천천히 말했다.

"마음에 들지는 모르지만……, 이런 책은 어떨까요?"

동엽은 소녀의 어깨 너머로 책 한 권을 건넸다. 소녀는 목소리의 주인에게서 책을 받으려고 돌아서는 순간, 자연스레 동엽의 눈과 마주쳤다. 몇 번 본 적은 있으나 이날따라 숨길 수 없는 탄성이 소녀의 마음 깊은 곳에서 흘러나왔다. 비록 작달막한 키에 빛바랜 허름한 군복 점퍼를 걸치고 있지만, 크고 빛나는 그 눈빛은 소녀의 마음을 눈 깜짝할 사이에 송두리째 사로잡았다. 눈매가 매운 이 소녀 역시 동엽의 마음을 여간 휘어잡은 게 아니었다. 짧은 시간에 그들은 서로 사랑하는 사이가 되었다. 그 이듬해 찬 얼음이 녹을 무렵 동엽과 병선은 산에서 하룻밤을 함께 꼬박 새우기도 한다. 인병선은 이때 이화여고 3학년이었다.

그해 봄 인병선은 서울대 철학과에 합격한다. 인병선은 그 시절을 "진학에 대한 기쁨도 새로운 학문에 대한 정열도 나에겐 전혀 일어나지 않았다. 나는 온통 그에게만 심취해 있었다"(인병선, 「당신은 가신 분이 아니외다」, 『여성동아』, 1970.12)라고 회고한다.

이후 인병선은 신동엽의 작품 해석에 빼놓을 수 없는 중요한 인물이 되었다. 신동엽과 인병선의 사랑은 다만 두 젊은이의 사랑으로 끝나는 것이 아니다. 두 사람의 사랑은 신동엽의 거의 모든 작품 배경에 깔려 있다. 이를테면 서사시 『금강』에 나타나는 주요 인물은 아내 인병선을 중심으로 한 인물들이다. 『금강』에 나오는 신하늬의 부인 인진아는 바로 신동엽이 가장 사랑하는 실제 인물 인병선이 모델이며, 이 작품에는 시대의 질곡으로 인하여 희생당한 장인도 투영되어 있다(김응교, 「신동엽과 전경인 정신」, 『사회적 상상력과 한국시』, 소명출판, 2002, 38면). 인병선은 『조선의 농업기구분석』, 『조선 농업경제론』 같은 중요한 저서를 남긴 농촌경제학자 인정식印貞植 선생의 외동딸이다. 인정식 선생은 일제강점기에 도쿄로 유학을 다녀와 독립운

25세의 신동엽과 20세의 인병선

동을 하다가 감옥에 갇히기도 하고, 해방 뒤에는 동국대 교수로 있었다. 그러나 그는 6·25 때 서울에서 공산당 일을 하다가 1950년 9월, 인병선 나이 15살 때 실종되었는데 나중에 월북으로 밝혀졌다. 이후 그의 저작은 5권의 『인정식 전집』(한울아카데미, 1992)로 출판되었다.

신동엽의 사랑에 관한 많은 시, 특히 경慷이라는 이름이 나오는 시는 모두 인병선을 모티브로 삼은 것이다. 두 사람의 편지를 보면 두 사람의 사랑이 얼마나 소중했는가 잘 담겨 있다.

신동엽의 모든 생활에 인병선에 대한 사랑이 관여하고 있었다. 그러면서도 동엽은 "결코 조국이나 백성이나 박해받는 사람들의 목숨으로부터 배반하여 도피하지는 말자"(1954년 1월 22일 편지) 하면서, 두 사람의 사랑이 개인적인 사랑을 넘어 인류애에 이르기를 기원하고 있다. 추경 인병선의 답장을 보면 그녀도 신동엽을 애타게 그리워한 것을 볼 수 있다. 인병선이 신동엽에게 처음 보낸 편지에도 갓 고등학교를 졸업한 여학생의 편지로 보기에는 너무도 어른스러운 생각이 녹아 있다. 동엽을 사랑하는 마음이 "결코 허영에서 나온 것이 아니라"(1954년 3월 7일 편지) 어쩔 수 없는 정열의 결과라는 것을 전하고 있

'인병선은 신동엽의 작품 해석을 위해
빼놓을 수 없는 중요한 존재가 되었다'

백마강에서 배에 탄 신동엽과 인병선

부소산에서 백마강을 굽어보는 두 사람

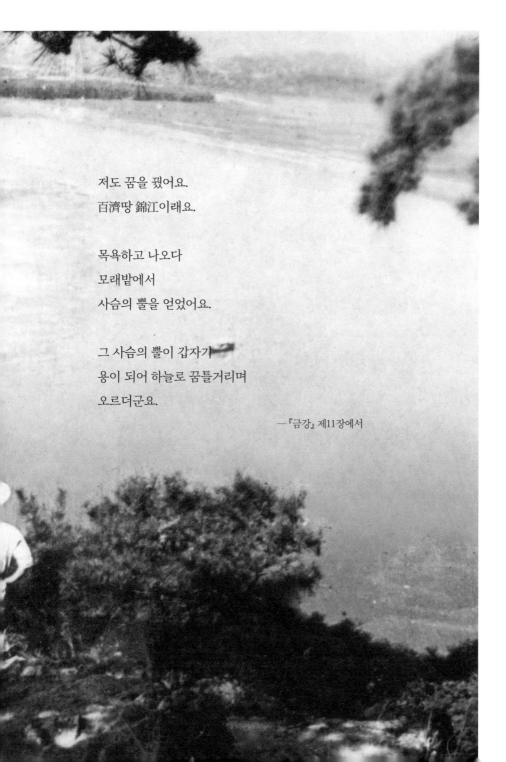

저도 꿈을 꿨어요.
百濟땅 錦江이래요.

목욕하고 나오다
모래밭에서
사슴의 뿔을 얻었어요.

그 사슴의 뿔이 갑자기
용이 되어 하늘로 꿈틀거리며
오르더군요.

　　　　　　　—『금강』 제11장에서

백제탑 앞의 두 사람

좋은 언어로 신동엽 평전

함께 산길을 걷는 인병선과 신동엽

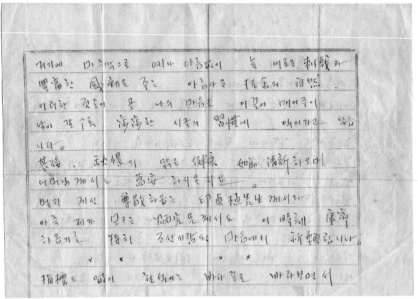

신동엽이 인병선에게 보낸 편지

추경에게.

아름다운 아츰이었습니다. 이렇게 똑똑한 일기가 추경 계신 서울에도

베풀어졌기를 바랍니다.

도시생활 반년 만에 돌아온 고향이라서 그런지 주인 없는 친구집에나 간

것처럼 서먹서먹하기 짝이 없어 처음날엔 되짚어 돌아가고 싶은 생각마저

간절했었습니다.

그러나 어머니 아버지의 지성스런 아껴주심과 누이동생들의 안타까이

사무쳐 넘치는 귀염성, 그리고 친구들의 반가운 모임과 마을사람들과

동리 전체가 풍겨주는 어딘지 모르게 끈기 있는 향토적인 온정, 거기에

마지막으로 예나 다름없이 늘 새로운 자극과 풍부한 감동을 주는

아름다운 부여의 자연, 이러한 것들이 곧 나의 마음을 이끌어 매어주어

날이 갈수록 적적한 시골의 습관에 익어가고 있습니다.

그 후, 추경의 맑은 건강 여전 청신하오며 어머님께서도 만안하시온지요.

멀리 계신 존경하옵는 인정식 선생께서와 아직 제가 모르는 병완

형께서도 이 시각 건강하옵기를 특히 조선사람된 마음에서 기원합니다.

지표도 없이 철썩이는 바다끝을 바라보면서

시큼 시큼 黃昏속에 잠겨가는 바위끝에 올라앉어
人體적 느낄수 없는 가장 뿌리깊은 沈痛한 孤獨感 속에
빠져 들어가며 앉었다는 瞑想의 森林이 마음을
사로잡고 하면, 내 自身이 언젠가 남모한없이
없는 그 해질 무렵이 瞑想에 가까운 時間의
抱擁에 쫓기어 마음대로 바다와 午後와
秋收景와 森林이 가로세로 織造되어처럼 엉클어저
어두운 숨듬 森林속에 한상이 되어버리는 야릇한
孤獨 體驗하게되는 것이 近日의 낱으어없음니다.
10年의 생명의 憂鬱감으로 괴로워하지 않으려 제旅
에서도 보는것이 없지만 意혹나 革命이란 馬病에 有効한
藥은 몇되는가 합니다.

하물며 그것이 타고난 숨음 앞에 라…….
어제 學友를 앞때문에 江을 건너 들길을 걸었읍니다.
아득한 들목 가운데 까마 아득하게 활을처럼 굽으러
나간 들길을 홀月없이 걸어가면서 이러한 길을
秋收景와 함께 거니는 모양을 想像하고 혼자
선뜻을은 微築를 느껴보며 언제인가 그러한 날이
있었대도 좋고 없었대도 좋은 그리한 머언 날에
이러한 옛이야기 처럼 호졌한 들길에서… 令明
秋收景이 아닌가 싶은 그러한 모습과 애련한 마음으로
말없이 지나처 버린 일이 있는듯한 浪漫으로 夢幻을
혼자서 이리애 처럼 믿어 보기로 하며 내한 속을 더듬어
갔읍니다.

시큼시큼 황혼 속에 잠겨 가는 바위끝에 올라앉아 인종이 느낄 수 있는
가장 뿌리된 침통한 고독감 속에 빨려들어가며 있었다는 환상이 석림의
마음을 사로잡는가 하면, 제 자신이 언젠가 고백한 일이 있는 그 해질
무렵의 공포에 가까운 시간의 엄습에 쫓기어 마침내는 바다와 오후와
추경과 석림이 가로 세로 직조처럼 엉클어져 어두운 착잡 속에 한 살이
되어버리고 마는 것을 곧잘 체험하게 되는 것이 근일의 생활이었습니다!
개인의 생명의 우수쯤으로 괴로워하지 않으려 제법 애써도 보는
것이었지만 의지나 혁명이란 만병에 유효한 약은 못 되는가 합니다.
하물며 그것이 타고난 슬픔임에랴….
어제는 학우회 일 때문에 강을 건너 들길을 걸었습니다. 아득한 평야
가운데 까마득하게 활등처럼 구부러져나간 둑길을 세월없이 걸어가면서
이러한 길을 추경과 함께 거니는 모양을 상상하고 혼자 감미로운 미소를
느껴보며, 언제인가 그러한 날이 있었대도 좋고 없었대도 좋은 그러한
머언 날에 이러한 옛이야기처럼 호젓한 들길에서 분명 추경이 아닌가
싶은 그러한 모습과 애절한 마음으로 말없이 지나쳐버린 일이 있는 듯한
낭만스런 몽환을 혼자서 어린애처럼 믿어보기도 하며 벌판 속을 더듬어
갔습니다.

×　　×　　　×　　×

秋燁

書信이란 정말 어느날 밤엔가 이 기쁨와 같이 생긴기 째자이
없는 것인가 볼가요 。

지금 石林이 體性과 心臟이 느끼고 있는 表情을

어찌 다치지 않게 고스란히 自身의 힘을 빌려 서울까지

傳하수 있으리오

石林은 끝끝내 石林으로써 죽어가랴는 맘임기가 봄니다 。

때마다 菊花 꽃은 새로히 피어나고

年年 허물어들어가는 農家 집에는 굶어죽은 쥐의 屍體 ‥‥‥

어떠한 苦難이 우리를 몰아부친대도

狀고 胡月이나 石壁이나 迫害받는 사람들의 목숨으로 부터

背返하여 逃避 하지는 말자고 。

우리 서로 마음의 심지를 돋구어주었으면 하옵니다 。

×　　×　　　×　　×

開學後 새로운 滋味 많으신지요 ‥‥‥?

石林의 上京은 二月 一〇日頃 될듯 합니다

그동안 이야기 꺼리 많이 貯蓄해 두십시오

秋燁의 健進을 빌며 어울러 日間 반가운 筆蹟 볼수 있을 것을

바라며 秩序없는 이 글로써 맴음 잡잡나이다

만녕히 ‥‥‥

1954. 1. 22.

多情한 벗 秋燁 에게

花炬 속에서 石林 拜 。

추경.

서신이란 정말 어느 날 밤엔가의 말과 같이 싱겁기 짝이 없는 것인가 보아요.

지금 석림의 지성과 심장이 느끼고 있는 표정을 어찌 다치지 않게 고스란히

백지의 힘을 빌어 서울까지 전할 수 있으리요.

석림은 끝끝내 석림으로서 죽어가라는 말인가 봅니다.

때아닌 국화꽃은 새로이 피어나고 연년 허물어들어가는 농가집에는

굶어죽은 쥐의 시체…

어떠한 고난이 우리를 몰아붙인대도 결코 조국이나 백성이나 박해받는

사람들의 목숨으로부터 배반하여 도피하지는 말자고 우리 서로 마음의

심지를 돋구어주었으면 하옵니다.

개학 후 새로운 재미 많으신지요?

석림의 상경은 2월 4일경 될 듯합니다.

그동안 이야깃거리 많이 장만해두십시오.

추경의 건진을 빌며 아울러 일간 반가운 필적 볼 수 있을 것을 바라며 질서

없는 이 글월을 매듭짓겠나이다

안녕히….

1954.1.22

다정한 벗 추경에게

부여에서 석림

편지봉투

石林!

石林이 그어느날에는 꼭 쓰고야 말것이라고 몇번이나 예언 하시던
편지를 그어고 오늘 씁니다.

그처럼 안타까히 사랑하는 石林을 버려서 까지 갖여야할
길이란 내 理論에 忠實하고 自然에 복종 하는 길……
私慾이 찌꺼기로 깐을이 젔기 때문에 그 찌꺼기로써 흘러
해 버려는 의욕에서 나온 길임니다.

찌꺼기에 요所素를 깨만한다는것은 곧 私生活 自身에 가치를
깨만하는 것이오 私生活들의 生命을 죽이는 것임니다.

石林!

제 가슴이 아니고는 쓴이 求해걸것 같지 않아요,
그것만은 石林의 가슴도 또 누구의 손도 길르 싫이 않습니다.
저는 너무나 自身에 對한 自信을 갖이고 있어요.

그 自信을 사랑 보다에 것으로 認定하고 싶은 것과
다르게 주어고 찌꺼기로써의 私生活 만에 特殊으로써
생각 기는 것임니다.

石林:

지근 까지에 우리의 사랑은 너무나 뜨거웠고 私生活에
것을 어느 한구석 의심 할것 없는 私生活 그대로의 정열
하나로 간김 없는 정열 全部 였었다는 것과
우리의 사랑은 우리의 사랑으로써 너무나 훌륭 하였다고
꼬그 보습니다.

인병선이 신동엽에게 처음 보낸 편지

석림!

석림이 그 어느 날에는 꼭 쓰고야 말 것이라고 몇 번이나 예언하시던 편지를 그여코 오늘 씁니다.

그처럼 안타까이 사랑하는 석림을 버려서까지 가져야 할 길이란 생리에 순종하고 자연에 복종 하는 길…

추경이 찌꺼기로 만들어졌기 때문에 그 찌꺼기로서 철저해보려는 의욕에서 나온 길입니다.

찌꺼기에 주요소를 배반한다는 것은 곧 추경 자신의 가치를 배반하는 것이요 추경의 생명을 죽이는 것입니다.

석림!

제 가슴이 아니고는 세상이 구해질 것 같지 않아요.

그것만은 석림의 가슴도 또 누구의 손도 믿고 싶지 않습니다.

저는 너무나 자신에 대한 자신을 가지고 있어요.

그 자신을 사랑 이상의 것으로 인정하고 싶은 남과 다르게 주어진 찌꺼기로서의 추경만에 특권으로서 생각키는 것입니다.

석림!

지금까지의 우리의 사랑은 너무나도 뜨거웠고 추경의 것은 어느 한 구석 의심할 곳 없는 추경 그대로의 정열, 하나도 남김 없는 정열 전부였었다는 것과 우리의 사랑은 우리의 사랑으로서 너무나 훌륭하였다고 보고 싶습니다.

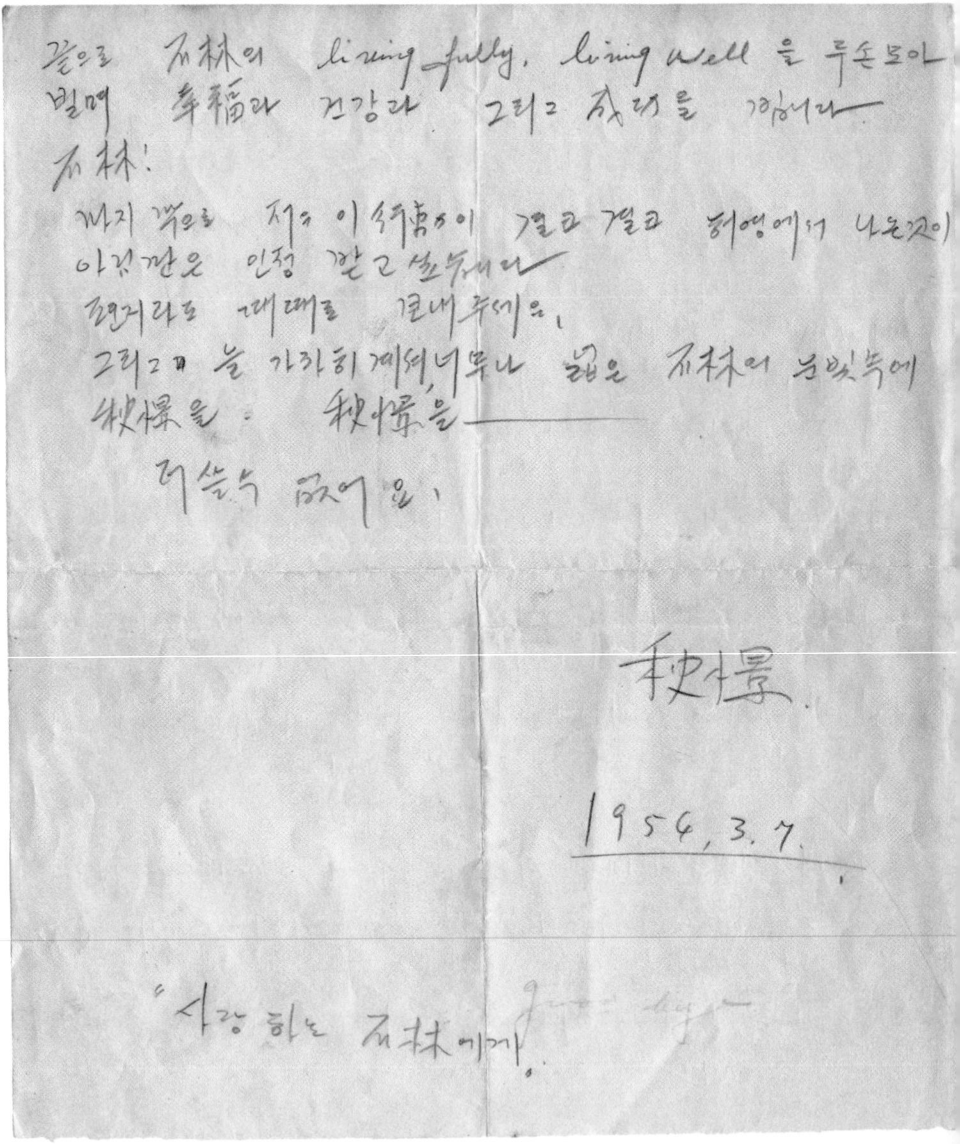

끝으로 石林의 living fully, living well 을 두손모아
빌며 幸福과 건강과 그리고 成功을 기하다 ──

石林!

까지 깎은 저는 이 속에서 길고 길고 허영에서 나온것이
아닌것은 인정 받고 싶습니다 ──

그러거라도 때때로 그려내 두세요,

그리고 늘 가까히 계셔너무나 넓은 石林의 눈빛속에
秋情을 · 秋情을 ──

더 쓸수 없어요,

秋史景.

1956. 3. 7.

"사랑하는 石林에게 *good day*.

끝으로 석림의 Living fully, living well을 두 손 모아

빌며 행복과 건강과 그리고 성공을 빕니다.

석림!

마지막으로 저의 이 행동이 결코 결코 허영에서 나온 것이

아님만은 인정받고 싶습니다.

편지라도 때때로 보내주세요.

그리고 늘 가까이 계셔 너무나 넓은 석림의 눈빛 속에

추경을… 추경을…

더 쓸 수 없어요.

추경

1954.3.7

"사랑하는 석림에게"

내 마음의 故鄕
　　　　　秋卿에게

그리움이 恒時 마음속에 소용돌 치는
그대를 일흠지어
내 마음의 故鄕이란 부르며

미워하면 미워할사록
잊자 하면 잊자 할사록
마음에 속속히 사모쳐 오는 그대여
나의 사람아
불타는 가슴
저질어지게 앓은 마음
나는 부드러운 눈으로 언제나 맞이리오
나는 믿음지어 가야만 한다

아슴다운 마음
내 마음에 故鄕이여
나는 그대의 가슴에서 살련다
다아만 한번인 고흔 잠
길이 이뤄련다.
　　　　　　　　　　　　1954. 4. 19.

신동엽이 인병선에게 처음 보낸 시

내 마음의 고향
추경에게

그리움이 항시 마음속에 소용돌 치는
그대를 이름지어
내 마음의 고향이라 부르며

미워하면 미워할사룩
잊자 하면 잊자 할사룩
마음에 속속히 사모쳐오는 그대여

나의 사람아
불타는 가슴
찢어지게 아픈 마음
너는 부드러운 낯으로 언제나 맞어다오
나는 믿음지어 가야만 한다

아슴다운 마음
내 마음에 고향이여
나는 그대의 가슴에서 살련다
다아만 한번만인 고운 잠
길이 이뤄련다

1954. 4. 19

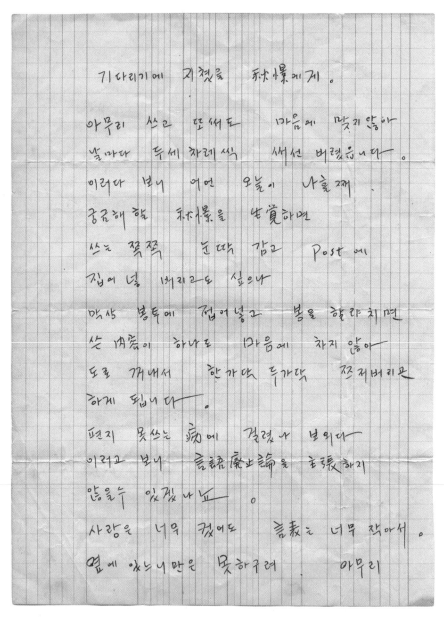

기다리기에 지쳤을 秋景에게.

아무리 쓰고 또 써도 마음에 맞지 않아
날마다 두세 차례씩 써선 버렸읍니다.
이러다 보니 어언 오늘이 나흘째.
궁금해 할 秋景을 生覺하면
쓰는 쪽쪽 눈딱 감고 Post에
집어 넣 버리고도 싶으나

맛상 봉투에 접어넣고 봉을 할랴치면
쓴 內容이 하나도 마음에 차지 않아
도로 꺼내서 한가닥 두가닥 찢어버리곤
하게 됩니다.

편지 못쓰는 病에 걸렸나 보외다
이러고 보니 言語廢止論을 主張하지
않을수 있겠나요.
사랑은 너무 컸어도 言表는 너무 작아서.
옆에 앉느니만은 못하구려. 아무리

신동엽이 인병선에게 보낸 편지

기다리기에 지쳤을 추경에게.

아무리 쓰고 또 써도 마음에 맞지 않아

날마다 두세 차례씩 써선 버렸읍니다.

이러다 보니 어언 오늘이 나흘째,

궁금해할 추경을 생각하면 쓰는 족족 눈 딱 감고 post(우체통)에

집어넣어 버리고도 싶으나

막상 봉투에 접어넣고 봉을 할랴치면

쓴 내용이 하나도 마음에 차지 않아

도로 꺼내서 한 가닥 찢어버리곤 하게 됩니다.

편지 못쓰는 병에 걸렸나보외다.

이러고 보니 언어폐지론을 주장하지 않을 수 있겠나뇨.

사랑은 너무 컸어도 언표는 너무 작아서

옆에 있느니만은 못하구려.

아무리

多情한 편지 쓰고 쓴대도 ···.

글이 아니라 무슨 딴 表示로 마음을
連絡했으면 싶으오 .

봉투속에 아무말도 없이 그림이나 하나
아로삭여서. 보낼까

世相에서 가장 뜨거운 사랑과
가장 맑은 마음을 象徵하는 그림을.

× × × ×

秋景
그대 心靈 길이 길이 平安 하시요

石林은 언제나
秋景이 믿을수 있는 사람이요 .

滿月이 가까와 와요 .
다시 새날까지. 안녕 ···.

1954. 5. 12. 아츰. 石林書.

다정한 편지 쓰고 쓴대도….

글이 아니라 무슨 딴 표시로 마음을 연락했으면 싶으오.

봉투 속에 아무 말도 없이 그림이나 하나

아로새겨 보낼까.

세상에서 가장 뜨거운 사랑과

가장 맑은 마음을 상징하는 그림을.

추경

그대 심령 길이 길이 평안하시요.

석림은 언제나 추경이 믿을 수 있는 사람이요.

만월이 가차와 와요.

다시 새 날까지 안녕….

1954. 5. 12. 아츰

석림

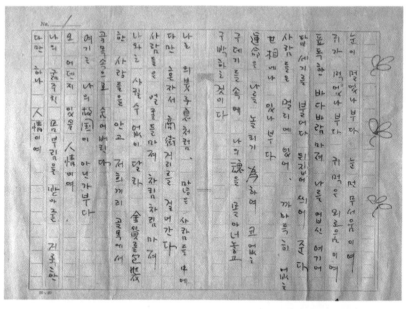

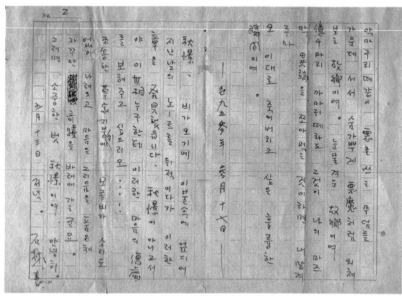

신동엽이 인병선에게 보낸 편지

눈이 멀었나부다, 눈먼 무서움이여.

귀가 먹었나부다, 귀먹은 외로움이여.

표독한 바닷바람마저 나를 업신여기어 탑세기를 불어다 뒤집어 씌워 준다.

사람들은 멀리에 있어, 까마득히 없는 세상에나 있나보다.

운명은 나를 놀리기 위하여 코 없는 구데기들 속에 나의 혼을 몰아넣고

구박하는 것이다.

나는 의붓자식처럼 많은 사람들 중에 다만 혼자서 상가거리를 걸어간다.

사람들은 얼굴들마저 차림차림마저 나와는 사귈 수 없이 달라 금화로

포장한 사랑들을 안고 저희끼리 골목에서 골목 속으로 숨어버린다.

여기는 나의 고국이 아닌가부다. 오 어덴지 있을 인정이여.

나의 굶주린 몸부림을 받아줄 거룩한 다만 하나 인정이여.

악마구리떼같이 악을 쓰는 무덤들 가운데 서서 숨가쁘게 악마처럼 외쳐보는

고향이여. 눈물겨운 고향이여.

억천 마리 까마귀떼라도 그것이 나의 마지막 이단을 쪼아먹는 것이라면

내맡겨주마.

오 이대로 죽어버리고 싶은 훌륭한 순간이여.

추경, 비가 오기에 이불 속에 엎드려 지난날의 노트를 뒤적이다가 이러한

장을 발견했습니다. 추경이 아니고서야 이 세상 누구한테 이러한 마음의

상처를 보여주고 싶으리오….

조용한 초가지붕 위에 모종비가 소리도 없이 내려오고 마음은 그리움을

품은 채 자꾸만 기적을 바래어 가는군요.

그러면 소중한 벗 추경이여, 안녕히.

5월 13일 저녁

석림

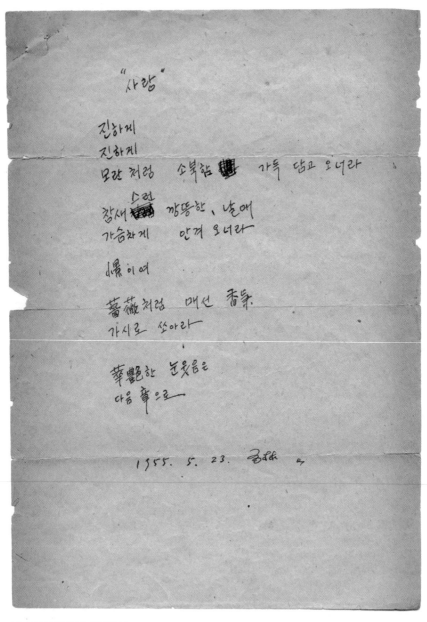

신동엽이 인병선에게 보낸 시

사랑

진하게

진하게

모란처럼 소북함 가득 담고 오너라

참새스런 깡뚱한 날매

가슴차게 안겨 오너라

경이여

장미처럼 매선 향기

가시로 쏘아라

화염한 눈웃음은

다음 장으로

1955. 5. 23

석림

海流 (薰泉의 헌물)

바다로 나오라

상냥하게 불어오는 머~ㄴ 냄새처럼
나랑 거기서 기다리고 있으마

꿈을 나르다 지친 길빨처럼, 나른 나른한
마음에 젖어오는 머무새여 !

十年이라도나 한平生이라도 좋아
저 머얼리 잊어버릴듯이 저 머얼리
世波을 쓸려버리고 흘러 버리고

상냥한 薰風처럼 바다로 나오라

山에선 욱어진 綠陰속에 "따바리"와 젊은
주검이 누어 있었다고 어제 新聞은 얘기하고 있다

들뜨지 말어 바다로 나오라 !

조개 줍던 太古와 太古같은 햇빛속에

水菜水潮히 맞우서는
조래하여 微笑꽃을 뿌려려 가는 날리는
머~ㄴ 바다로 나오라

1955. 5. 20.   石林 ㅇ

신동엽이 인병선에게 앞의 「사랑」이라는 시와 함께 보낸 시

헌사 (향기의 효과)

바다로 나오라
상냥하게 불어오는 머-ㄴ 남새처럼
나 거기서 기다리고 있으마

꿀을 나르다 지친 꿀벌처럼, 나른나른한
마음에 젖어있는 매무새여!

십년이라도 한평생이라도 좋아
저머얼리 잊어버릴 듯이 저머얼리
세월을 흘려버리고

상냥한 훈풍처럼 바다로 나오라

산에서 우거진 녹음 속에 "따바리"와 젊은
주검이 누어있었다고 어제 신문은 얘기하고 있다

들뜨지 말서 바다로 나오라!

조개 줍던 태고와 태고 같은 햇빛 속에
찬란히 마주서는
그리하여 미소 뿌려 머리칼 날리는
머-ㄴ 바다로 나오라

1955. 5. 20
석림

군복무 시절 동료와 함께. 앞줄 맨 왼쪽이 신동엽

왼쪽 **군복무 시절 신동엽**
오른쪽 **집 앞 코스모스 앞에 선 신동엽.** 집 앞에 핀 코스모스는 그의 시에 많은 영감을 주었다.

다. 신동엽은 이후 인병선에게 편지뿐 아니라 시를 써서 보내기도 한다.

1955년 병선의 여름방학이 끝난 뒤 가을에 동엽은 군에 입대한다. 친하게 지내던 구상회도 동엽과 함께 동두천에 있는 육군단 공보실에 입대했다. 동엽은 군에 가서도 틈만 나면, 인병선에게 편지를 보냈고 부대 밖으로 나와 인병선을 만났다. 그는 부대 안의 공보실에서 근무하던 터라 시내에 쉽게 나올 수 있었다. 그리고 2대 독자라는 점 때문에 군에 입대한 지 1년 만에 일찍 제대한다.

1956년 가을, 동엽은 제대하고 부여로 내려간다. 그러고는 인병선과 사주 단자를 주고받고 나서 두 달 뒤로 결혼 날짜를 잡았다. 동엽은 아내를 맞아들일 준비를 하면서 병선에게 편지를 썼다.

'경'이란 동엽이 인병선을 부를 때 쓰던 애칭이다. 동엽은 28세가 되던 1957년 인정식의 장녀 인병선과 결혼했고, 그해 만딸 정섭貞燮이 태어났다. 결혼하면서 인병선은 서울대 철학과를 3학년에서 중퇴했다.

두 사람은 결혼은 했으나 신동엽은 직장이 없었고 게다가 건강마저 나빠 생활이 몹시 어려웠다. 동엽은 부모님과 함께 살

군복무 시절 부여 부소산에 오른 신동엽과 인병선

| 석림이 추경에게 1956.8.29 |

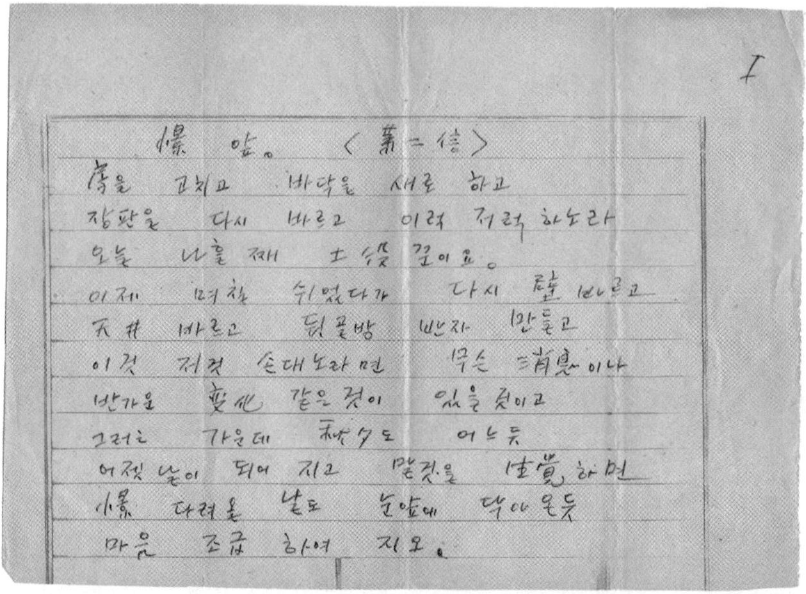

I

小景 앞。 〈第二信〉

房을 고치고 바닥을 새로 하고
장판을 다시 바르고 이럭 저럭 하노라
오늘 나흘째 土役 걸이요。
이제 며칠 쉬었다가 다시 壁 바르고
天井 바르고 뒷골방 반자 만들고
이것 저것 손대노라면 무슨 消息이나
반가운 便紙 같은 것이 있을 것이고
그러는 가운데 秋夕도 어느듯
어젯날이 되어 지고 말것을 生覺하면
小景 다려올 날도 눈앞에 닥아 온듯
마음 조급 하여 지오。

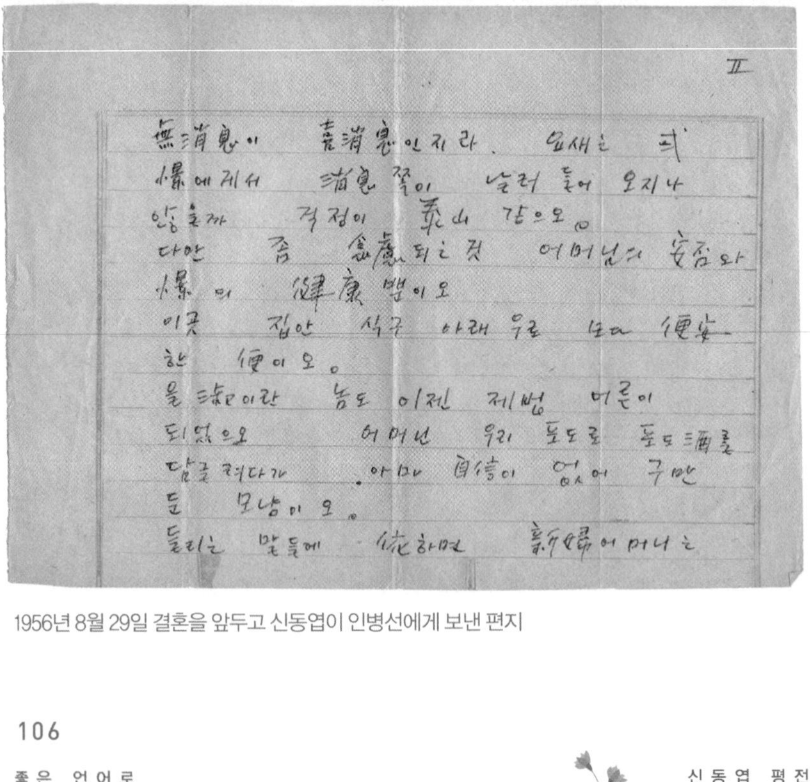

II

無消息이 喜消息인지라. 요새는 통
小景에게서 消息 쪽이 날러 들어 오지나
않을까 걱정이 泰山 같으오。
다만 좀 念慮되는 것 어머님의 安否와
小景의 健康 뿐이오
이곳 집안 식구 아래 우로 모다 便安
한 便이오。
올 三梁이란 놈도 이젠 제법 어른이
되었으오 어머님 우리 포도로 포도酒를
담궈 본다가 . 아마 自信이 없어 그만
둔 모냥이오。
들리는 말들에 依하면 新婦어머니는

1956년 8월 29일 결혼을 앞두고 신동엽이 인병선에게 보낸 편지

경 앞   '제2신'

방을 고치고 바닥을 새로 하고

장판을 다시 바르고 이럭저럭하느라 오늘 나흘째 토역꾼이요.

이제 며칠 쉬었다가 다시 벽 바르고 천정 바르고

뒷골방 반자 만들고 이것저것 손대노라면

무슨 소식이나 반가운 변화 같은 것이 있을 것이고

그러는 가운데 추석도 어느덧 어젯날이 되어지고 말 것을 생각하면

경 데려올 날도 눈앞에 다가온 듯 마음 조급하여지오.

무소식이 희소식인지라,

요새는 혹 경에게서 소식 쪽이 날러들어오지나 않을까

걱정이 태산 같으오.

다만 좀 염려되는 것 어머님의 안부와 경의 건강뿐이오.

이곳 집안 식구 아래 위로 모두 편안한 편이오.

을숙이란 놈도 이젠 제법 어른이 되었으오.

어머닌 우리 포도로 포도주를 담그려다가

아마 자신이 없어 그만둔 모양이오.

들리는 말들에 의하면 신부어머니는

III

婚姻時 新郞 집에 가지 않는것이 常例로
되어 있다고 것이오. 新婦의 意見에서 어머님이
꼭 同席 하셔야 될것 같으면 하는수 없는
일이거니와 그렇지가 않다면 新婦
自意로 適當히 處理 하도록 하오.
그리고 될수록이면, 여러가지 便宜에서,
서울 親戚 가운데의 "아주머님 네" 參席을
制限 해야 되겠으오. 男子의 參席은 新婦의
親舊나 또는 新婦의 同窓輩의 사람에
限하게 하고, 親戚의 資格으로서
參席해 줄 사람들은, 큰 支障이 없는 限
男子만으로 하였으면, 여러모로 우리함께 便利

할점 같으오.

이웃 周圍의 사람들도 모다 無故 하오
가 動態習이 된 庸은 每日 우리집으로
出勤 했다가 우리집에서 退勤 하는다오
俞 없는 사이에 언젠가 올라가
前 婦人을 꼬려 놓았던가 그집이 夫婦싸움
을 일으켜. 그짐이 原因이 되어 이들의
사이 사이 에는 두꺼미한 壁이 없으오.
아마 그무렵도 이 친구 몹시 심심 했
었던 모냥이오.
病院 집 따님도 곧 出家하신 답나다.

혼인시 신랑집에 가지 않는 것이 상례로 되어 있다는 것이요.

경의 입장에서 어머님이 꼭 동행하셔야 될 것 같으면

하는 수 없는 일이거니와 그렇지가 않다면

경 자의로 적절히 처리하도록 하오.

그리고 될수록이면 여러 가지 이유에서 서울 친척 가운데

'아주머님네' 참석을 제한해야 되겠으오.

여인의 참석은 경의 친구나 또는 경의 동년배의 사람에 한하게 하고

친척의 자격으로서 참석해줄 사람들은 큰 지장이 없는 한

남자만으로 했으면 여러 모로 우리 함께 편리할 것 같으오.

이곳 주위의 사람들도 모두 무고하오.

외근감독이 된 노문은 매일 우리집으로 출근했다가

우리집에서 퇴근한다오.

유 없는 사이에 언젠가 올라가 유부인을 골려놓았던가.

그것이 부부싸움을 일으켜, 그것이 원인이 되어

이들의 사이에는 평화한 빛이 없으오.

아마 그 무렵의 이 친구 몹시 심심했었던 모양이오.

병원집 따님도 곧 출가하신답니다.

하늘이 보여요. 透明한 하늘
밤송이 여물어 수수 모감은, 후두둑 긴
쪽빛 같은 하늘.
그끝 치맛머리 꽃자락 퍼뜰이
나부끼며 多多히 지나가는 나그네
하나 물안개 뿌려 몸가짐을
다스리며 그것을 지나가는 淸高한
나의 漁人.
그대는 하고, 수척 하고 맑고 고고한
구슬의 小魚便.

그대엔 1943일 앞서 上京하여 같이

앞은 樂禱하고 함께 나려올 예정이오。
그러나 슬퍼 하오。

그리고 한가지 부탁 할것 "슬픈 牧歌"
葛오 샘이 나을 노랑 인데 첫줄 끝줄엔
없다 하오。 혹 어데 남았는지 찾아 보오。

正浩 작은 아이가 뇌오시거든 孟浩이
술좀 들어 왔더라. 술은 傳을 드려 두오,

그러면 오늘 이대로 또 이별이오。
1506. 8. 29. 제영

하늘이 보이오. 투명한 하늘

밤송이 여물어 수수모감일 후두둘길 쪽빛 깊은 하늘.

그곳 귀밑머리 옷자락 펄펄이 나부끼며 외로이 지나가는 나그네 하나,

물안개 뿌려 몸가짐을 다스리며 그것은 지나가는 청고한 나의 천사.

그대는 희고 수척하고 맑고 조그마한 구슬의 작은 천사.

그때엔 사오 일 앞서 상경하여 같이 일을 준비하고

함께 내려올 예정이오.

그러니 안심하오. 그리고 한 가지 부탁할 것,

"시와 비평" 제2집이 나온 모양인데 부여 서점엔 없다 하오.

혹 어데 남았는지 찾아보오.

정식 작은아버지 나오시거든 석림이 안부 물어왔더라고

운운 전언 드려 두오.

그러면 오늘 이대로 또 이별이오.

1956.8.29

석림

결혼식 후 찍은 가족사진. 오른쪽 두 분이 신동엽 부모님이고 안긴 어린아이와 앞에 선 세 소녀는
신동엽의 누이 동생이다.

신랑 신동엽과 신부 인병선

첫딸 신정섭을 낳고 행복한 미소를 짓고 있는 인병선

좋은 언어로   신 동 엽 평 전

았으나, 집에는 논도 없었고, 있는 밭이라고 해 봐야 집 앞의 텃밭이 전부였다. 이런 상황에서 일곱이나 되는 식구들은 당시 사법서사(현 법무사) 일을 보던 아버지 수입에 전적으로 의지해 살아가야 했다. 그러나 아버지 혼자 벌이로는 일곱 식구가 먹고살 수가 없었다. 보다 못한 인병선은 결혼할 때 가져간 재봉틀을 가지고 나가 부여 읍내에 '이화양장점'을 차렸다.

그동안 신동엽은 부지런히 근방 중학교와 대전에 일자리를 찾으러 다녔고, 그러다가 29세가 되던 1958년 가을에 충청남도 보령에 있는 주산 농업고등학교에 발령을 받았다. 교사가 된 동엽을 보고 그의 아버지는 "큰사람이 될 줄 알았는데 겨우 교사가 됐느냐"면서 섭섭해 했다고 한다.

신동엽은 교사생활을 1년을 넘기지 못했다. 이제 막 안정된 생활을 하려 할 즈음 그에게 병환이 찾아왔다. 어느 날 그는 각혈을 했고 학교에는 휴직서를 낼 수밖에 없었다. 겨울방학은 집에 돌아와 지내야 했다. 잠깐 쉬고 나면 괜찮아질 거라 생각했지만, 겨울방학이 다 끝나가도 동엽의 건강은 좋아지지 않았다. 결국 동엽은 사직서를 냈다.

이제 가족 전체가 동엽의 건강을 걱정하는 지경이 되었다. 더욱이 동엽은 막 태어난 아이와도 함께 있을 수 없었다. 동엽

첫아들 신좌섭을 안은 할머니. 옆에 첫딸 신정섭이 서 있다.

좋은 언어로

신 동 엽 평 전

결혼 초 고구마를 캐서 이고 오는 인병선. 옆의 어린이는 셋째 시누이 신화숙

인병선이 어린 시누이들과 함께 찍은 사진

의 병이 폐결핵이라고 생각했기 때문에 혹시 아이에게 옮을까 걱정이 되어 인병선은 아이를 업고 서울 친정어머니 곁으로 돌아가야 했다. 아내를 서울로 보낸 동엽은 홀로 병과 싸웠다. 금강에 가서 고기를 잡고, 부소산에 올라 낮잠을 자면서 요양생활을 하였다. 그런 와중에도 동엽은 글쓰기만은 멈추지 않았다. 당시 부여에는 김봉한, 이석호 등 문인들이 부소문학회를 구성, 동인지 『부소』를 발간할 움직임을 보이고 있었다. 동엽은 이 친구들과 어울려 습작을 발표한다.

| 인병선이 신동엽에게 1958 |

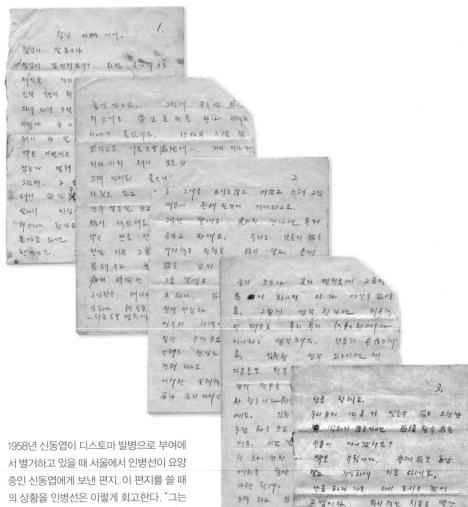

1958년 신동엽이 디스토마 발병으로 부여에서 별거하고 있을 때 서울에서 인병선이 요양 중인 신동엽에게 보낸 편지. 이 편지를 쓸 때의 상황을 인병선은 이렇게 회고한다. "그는 일 년 넘게 고향에 머물면서 투병생활을 했다. 한편 나는 서울에서 어떻게든 생활의 터전을 잡아보려 필사의 노력을 했다. 생각해보면 그 무렵이 우리에게는 가장 어렵고 견디기 힘든 시절이었다."

(인병선, 「당신은 가신 분이 아니외다」, 『벼랑 끝에 하늘』, 창비, 1991, 224면)

정섭 아빠에게

정섭이 잘 놉니다.

정섭이 입 어데 있니? 하면 손가락으로 제 입을 가리킵니다.

진작 편지 하려고 써났다가 병원에 다녀와서 드릴 양으로 부치지 않고 있다

이제야 씁니다.

아버님 편지, 명숙이 편지 다 잘 보았습니다.

약은 이번에는 한꺼번에 15일분을 임 장로가 말해주어서 탔어요.

그런데 그 여의사 말에 피검사를 다시해서 백혈구가 정상인가 아닌가를

알아서 비정상이면 에리드로 마이싱을 더 써야 한다고요.

만일 부여서 불가능하면 서울 올라오셔서 또 해야 한다고요.

그것만 어떻게 좀 알 수 있으면 좋겠다고요.

그런데 구두방 구씨의 소개로 오정훈씨를 만나 자세히 이야기 들었어요.

15개월 입원했었다고요. 서울대학병원에.

거의 의사가 되다시피해서 모든 상식을 알고 있다고요.

그래 사세히 물으니까 자기도 나이드라싯드 하고 파스를 썼는데 보약으론

간유 같은 걸 쓰고 나은 후에는 계장국 같은 것을 많이 먹었대요.

부여 송의원이 지어준 약은 반을 안 먹고 버렸다고요.

만일 지금 그 송의원을 다시 만난다면 욕해주고 싶다구요.

그 사람 때문에 병의 시간만 늦추었다고요.

그 사람은 폐라면 태약밖에 모르는데 또 하나 부여 사람(이름은 잊었어요)-

서울대학병원에 그 사람도 입원했었다고요. -그도 그 약을 쓰지도 않고

버렸고 전혀 그것 때문에 완쾌된 것이 아니라고요.

그 사람 말에도 송의원 만나면 욕해준다고 한 대요.

우리도 남들 밟은 어리석은 전처를 밟지 말고 쓸데없는 낭비 없이

치료해 봅시다.

그분 말에는 입원하는 것이 제일 좋다고 하나 입원하지 않더라도

절대 안정과 약을 쓰면 나을 거라고요.

일부러 저녁에 저의 집에 찾아와서 일러주더군요.

송의원은 안정을 안해도 된다고 한다니 그건 아주 나쁜 견해라고요.

절대 안정이 좋다고요.

이러한 실제적인 그 사람의 입증이 석과 석의 아버님에게

어떠한 영향을 줄지 모르나 석의 병치료에 그 송의원이

하나의 마가 아닐 수 없어요.

그렇게 생각한다면 미연적인 태도로 흐지부지 행동할 때가

아니라고 생각해요.

단호히 손 끊으세요.

입원할 생각 있으시면 제 재봉틀을 처분해서라도 올라오세요.

경비 전부를 쳐도 입원료는 2만 5천 환 정도이니까(한 달)

과히 힘든 일은 아니에요.

입원 생활이 퍽 좋은 거라고 주장하더군요.

서울집은 처분했어요.

이달 말일게 잔금 처리가 있대요.

한 삼십만 환 정도 차지될 꺼래요.

여하튼 절약해서 우리의 터전을 마련하려고 저도 어머니 이상으로

노력하고 있어요. 성공할테죠.

우리들의 심혼의 씻을 수 없는 오점만 박히지 않는다면 회복될 수 있는

진통이 아니겠어요? 약을 붙입니다.

쓸데없는 공상 말고 건실하게 치료하세요.

난 듯하다가는 다시 도지는 것이 그 병이라,

원시적인 치료로 약간 차도가 있는 듯 하다고

곧 믿어버리는 짓은 삼가시고 꾸준히 약을 쓰고 노력하세요.

그럼 이만

곧 회복 기다리며…

안녕히

제4부

1959~1966

퍽 섭섭한 게 하나 있소. 내가 보낸 시의 그 모습이 아니구료. 내가 가장

생명을 기울여 엮은 절정을 이루는 싯구들이 근 40행이나 삭제돼 있구료.

그리고 내가 정성을 들여 개성을 표현한 낱말 하나하나가 평범한 말로

교환돼 있고. 그러나 이것도 그들의 뜻을 나만은 이해될 것 같기에 오히려

감사하고 있으오.

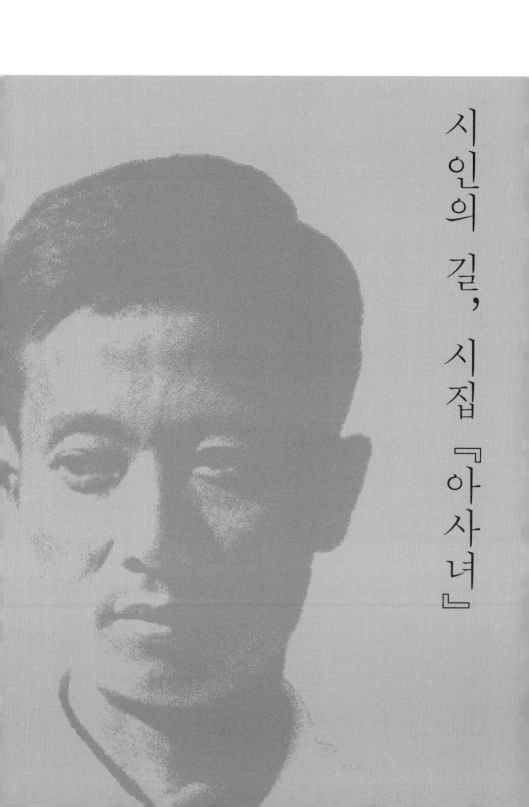

시인의 길, 시집 『아사녀』

이즈음 동엽은『조선일보』신춘문예 현상모집을 본다. 그때부터 정성을 다해 시를 써서, 1개월 이상 걸려 완성된 시를 조선일보사에 보냈다. 동엽이 30세가 되던 1959년 1월 3일 드디어『조선일보』지면에 석림石林이라는 필명으로 그의 장시「이야기하는 쟁기꾼의 대지大地」가 신춘문예 입선 작품으로 실린다.

1958년이 다 저물 무렵에 완성한 이 작품은 '서화序話', '1화~6화', '후화後話'로 이루어진 아주 긴 시이다. 이 시에는 6·25 때 일어난 슬픈 장면이 많다.

내 동리 불사른 사람들의 훈장勳章을 용서하기 위하여. 코스모스
뒤안길 보리사발 안은 채 죽어 있던 누나의 사랑을 위하여.

—「이야기하는 쟁기꾼의 大地」 제2화 부분

도끼는 신기해도

손재주가 만든 것이며

비행기는 비싸도

땅에서 뜨는 것이다

—「이야기하는 쟁기꾼의 大地」 제3화 부분

어느 동네에서 벌어진 비참한 광경을 묘사한 것이다. 동네를 불사르고 사람들을 죽인 사람이 훈장을 받는 현실을 이야기한다. 사람이 사람을 죽이는 전쟁이 무서워 깊은 산으로 도망갔다가 추위에 얼어 죽은 사람들의 모습도 보인다. 이 시는 코스모스 길에서 죽어 있던 나무처럼, 전쟁 때 죽어간 동네 사람들을 위로하는 슬픈 노래다.

3화에서 보듯 이 시는 인간이 만든 문명은 전쟁을 일으키고 파괴적이라는 비판도 담고 있다. 사람을 죽이는 데 쓰였던 도끼나 비행기도 결국은 사람이 만든 것이고 땅에서 뜨는 것이라는 문명 비판이다. 나아가 시인은 전쟁을 일으키는 사람들을 냉정하게 비판하기도 한다.

투구를 쓰고 싶어하는 자

쇠항아릴 만들어 씌워 주라

사람을 죽이고 싶어하는 자

성가시게 찝적대는 자

영웅이 되고 싶어하는 자

로케트에 매달아

대기大氣 밖으로 내던져 버려라

—「이야기하는 쟁기꾼의 大地」 제3화 부분

(강조한 부분은 『조선일보』 발표 때 삭제된 부분이다. - 인용자)

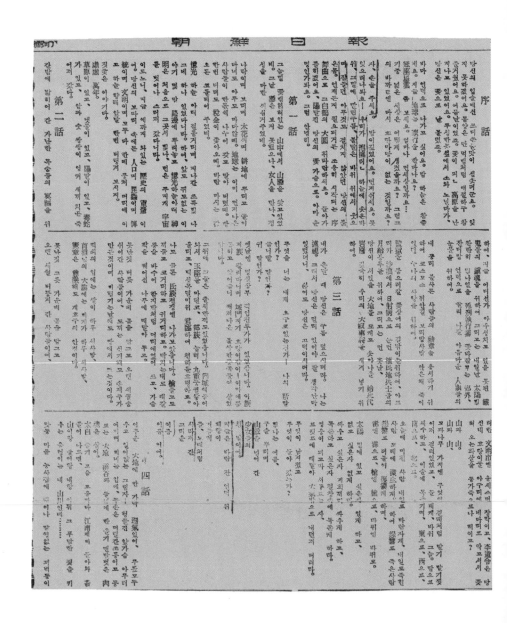

1959년 1월 3일 『조선일보』 기사. 신춘문예 입선작 장시 「이야기하는 쟁기꾼의 대지」의 전반부

좋은 언어로

신동엽 평전

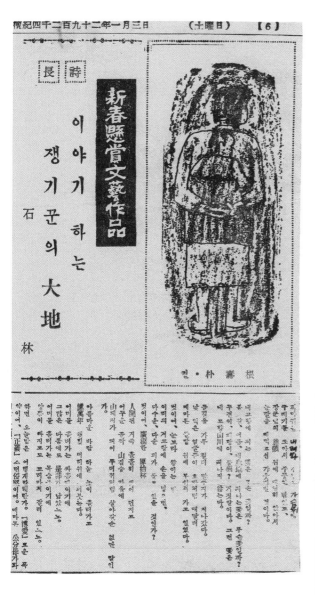

장시 「이야기하는 쟁기꾼의 대지」의 원고 표지

전쟁을 좋아하는 사람, 사람을 죽이고 싶어하는 사람, 전쟁 영웅이 되고 싶은 사람은 로켓에 매달아 우주 밖으로 내던져 버리라니! 시인은 사람을 죽이는 인간을 우스꽝스러울 정도로 비판한다. 그러면서 '후화'에서는 "우리들이 돌아가는 자리에선 / 무삼 꽃이 내일 날 피어날 것인가"라며 우리가 어떻게 비극적인 현실을 극복해 나갈 수 있는가 하는 질문으로 시를 끝맺는다. 결국 이 시는 '쟁기꾼'인 시인이 비극적인 시대에 죽어간 사람들을 위로하고, 우리 스스로 살기 좋은 세상을 만들어야 한다고 '이야기'하는 작품이다. 아쉽게도 신문에는 신동엽이 말하고 싶어한 시대에 대한 고발은 모두 생략되어 알맹이가 빠진 채 발표되었다.

이때 『조선일보』는 '총살집행장'을 '사형집행장'으로 바꾸는 등 몇 가지 단어를 개작한 채로 신문에 싣는다. 이때 빠진 시 구절은, 한국전쟁 당시 무차별적인 학살 장면을 연상시킬 수 있는 표현이나 당시 강대국의 허위를 신랄하게 풍자한 대목 등이다(강형철, 「신동엽 시의 텍스트 연구─'이야기하는 쟁기꾼의 大地'를 중심으로」, 『실천문학』, 1999.봄).

당시 그의 시에 대한 심사평은 대단했다. 『조선일보』 신춘문예 시 부문 심사를 한 양주동 교수는 "나는 놀랐소. 대단한 솜씨, 줄기찬 말의 행렬, 용어도 꽤 새롭고 신기한 말이 연방 튀어나오고, 무엇보다도 연줄을 감았다 풀었다 하는 그 솜씨가 좋았소. 필시 이 작품의 작가는 마흔 살이

넘고, 참선을 10년 정도는 했을 것이 분명하외다"라고 했다. 함께 시 부문 예심을 본 박봉우朴鳳宇는 "기쁨을 참을 수 없었다. 그것은 무릎을 치고 싶도록 좋을 시를 발견하였기 때문이다"(박봉우, 「시인 신동엽」(1970), 구중서, 『신동엽, 그의 삶과 문학』, 온누리, 1983, 225면)라고 했다. 본심 심사자들은 이 장시에게 그다지 후한 점수를 주지 않았다. 당시 우리 시단의 다른 시들과 너무 달랐기 때문이다. 대신 몇 군데 빼고 고치고 하는 조건으로 입선을 시켰다. 이를 두고 박봉우 시인은 "심사하는 사람들이 무식해서"라고 입버릇처럼 말하곤 했다.

수상식이 끝난 뒤 박봉우 시인은 조끼가 달린 조선옷을 입고 부여에서 올라온 신동엽에게 말했다. "자네는 여관에서 잘 인물이 아니다"라며 자신의 안암동 초라한 하숙방으로 동엽을 데리고 갔다. 두 사람은 밤이 새는 줄 모르고 이야기를 나누었다. 그날 둘은 '서로 간의 문학관과 역사관을 털어놓으면서 한밤에 형제보다 친한 벗이 되고 말았다'고 한다.

박봉우와 신동엽은 하근찬과 더불어 그해 겨울에 백운대를 오르고, 이른 봄에는 수락산과 도봉산을 오르는 등 점차 그들의 사이는 떼려야 뗄 수 없는 관계가 되었다. 신동엽의 앨범을 보면 박봉우와 하근찬 사진이 여러 장 있다. 신동엽의 장례식 때 조사를 낭독한 이도 하근찬이다. 세 사람은 자주 놀러 다니기만 한 것이 아니다. 그들은 문학정신

박봉우, 신동엽, 하근찬

좋은 언어로 신동엽 평전

신동엽, 박봉우, 하근찬

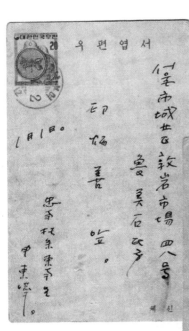

1959년 『조선일보』 신춘문예 입선 기사를 보고 신동엽이 인병선에게 보낸 엽서

좋은 언어로　　　　　　　　　　　　　　　　신동엽 평전

경에게.

겨우 시인 등록이 된 셈인가 보오.

『조선일보』에 입선되었구료.

수상이 있을지 없을지 모르겠소.

있게 되면 곧 상경해야 할 께요.

신문사 연락이 있는 대로 다시 또 편지 쓰겠소.

이런 때 옆에 있어서 함께 이야기를 나눌 수 있다면

얼마나 즐거운 일이겠소만, 그럴 수 없는 처지 가슴 아프오.

그곳 모두 별일 없는지 궁금하오.

경과 새 생명과 섭이 이렇게 불러보노라면 석은

결코 외롭지 않다는 생각이 드오.

언제나 한결같은 나의 지론이지만 그대들의 건강만을

나는 기구하고 있을 뿐이오.

어머님에게 안부드리오.

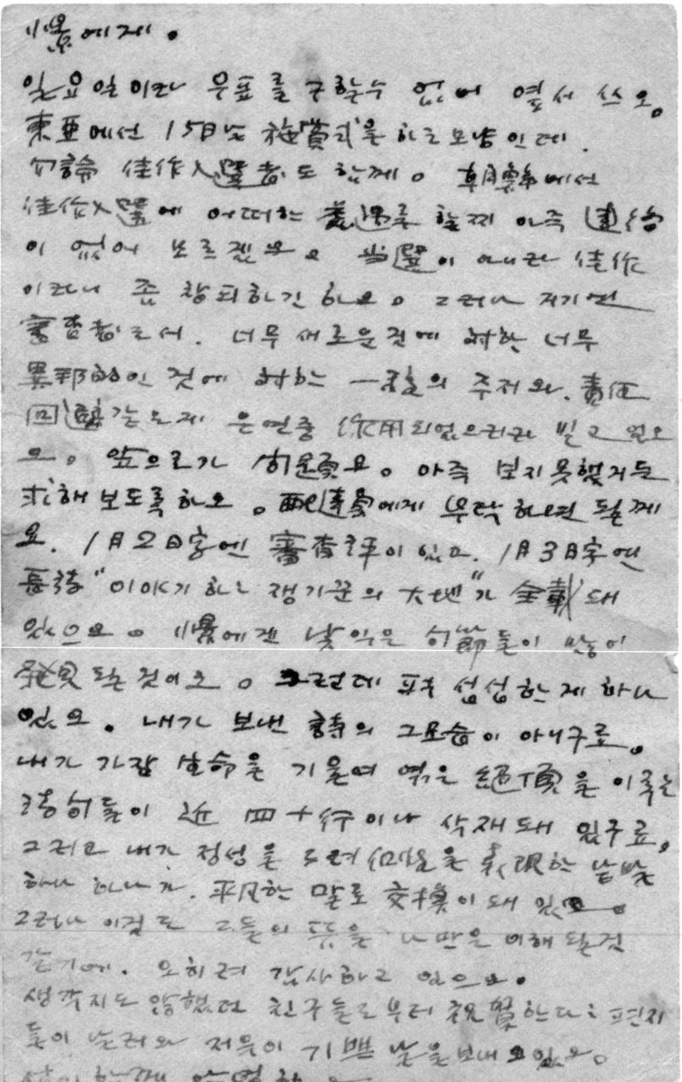

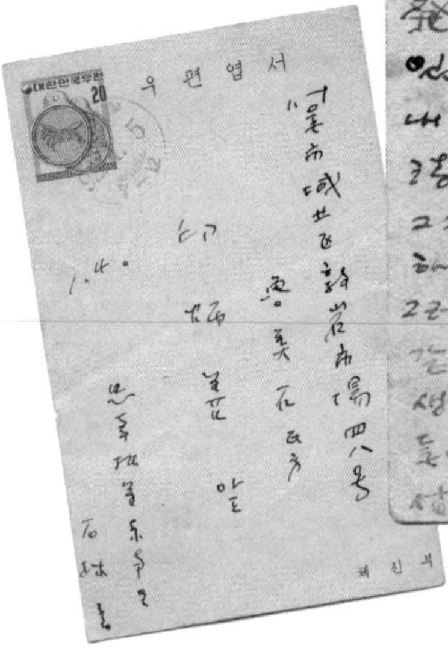

1959년 신춘문예 입선 후 두 번째로 신동엽이 인병선에게 보낸 엽서

좋은 언어로 　　　　　　　　　　　　　　신동엽 평전

경에게.

일요일이라 우표를 구할 수 없어 엽서를 쓰오.

동아에선 15일날 시상식을 하는 모양인데 물론 가작입선자도 함께.

조선에선 가작입선에 어떠한 처우를 할지 아직 연락이 없어 모르겠소.

당선이 아니라 가작이라니 좀 창피하긴 하오.

그러나 거기엔 심사자로서, 너무 새로운 것에 대한 너무 이방적인 것에 대한

일종의 주저와 책임회피 같은 게 은연중 작용되었으리라 믿고 있으오.

앞으로가 문제요.

아직 보지 못했거든 구해 보도록 하오.

배달원에게 부탁하면 될 거요.

1월 2일자엔 심사평이 있소.

1월 3일자엔 장시 「이야기하는 쟁이꾼의 大地」가 전재돼 있으오.

경에겐 낯익은 구절들이 많이 발견될 것이오.

그런데 퍽 섭섭한 게 하나 있소.

내가 보낸 시의 그 모습이 아니구료.

내가 가장 생명을 기울여 엮은 절정을 이루는 싯구들이 근 40행이나 삭제돼 있구료.

그리고 내가 정성을 들여 개성을 표현한 낱말 하나하나가 평범한 말로 교환돼 있고.

그러나 이것도 그들의 뜻을 나만은 이해될 것 같기에 오히려 감사하고 있으오.

생각지도 않았던 친구들로부터 축하한다는 편지들이 날라와 저윽이 기쁜 날을

보내고 있소.

섭이 함께 안녕히…

(本報新春文藝當選者)

1959년 11월 『조선일보』에 발표한 시 「향아」

좋은 언어로　　　　　　　　　　신동엽 평전

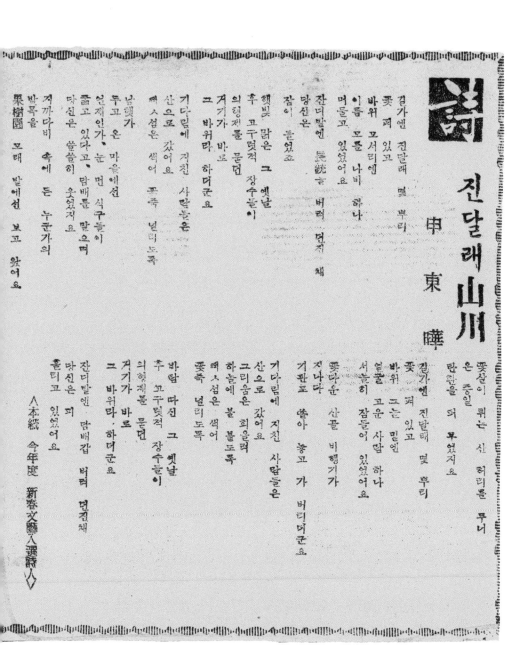

1959년 3월 24일 『조선일보』에 발표한 시 「진달래 산천」

도 서로 닮아 있다.

1950년대 초기는 시인 김수영 홀로 외롭게 시대적 비극을 노래했다고들 평론가들은 평하곤 한다. 그러다가 1950년대 후반에 이르러 김수영의 외침에 여러 시인이 화답하기 시작한다. 그 대표적인 시인이 바로 신동엽과 박봉우다. 이 세 사람은 비록 동인 형태로 결집하지는 않았으나 서로 닮은 면이 많았다. 박봉우의 대표작 「휴전선」(1956), 「나비와 철조망」(1956)은 신동엽의 「진달래 산천」과 가장 가까운 거리에 놓여 있다.

한편 박봉우와 하근찬에 앞서 신동엽이 시인으로 등단했을 때 누구보다도 기뻐했던 이들은 함께 문학 공부를 해오던 부여 친구들이다. 윤석봉, 김봉한, 이석호 등은 축하파티를 열어주는가 하면, 부소산 문학동인회에서는 부여극장에서 문학의 밤을 열어 신동엽의 시를 감상하도록 주선하기도 했다. 이제 시인이 된 동엽은 본격적으로 시와 산문을 발표하기 시작한다.

1960년 우리나라는 또 한번의 시련을 겪는다. 정권을 잡고 있던 이승만 대통령이 국민을 속이고 부정선거로 다시 정권을 잡으려 하자 학생들이 들고 일어선 것이다. 1960년 3월 15일 선거날 경상남도 마산에서 부정선거 사실을 알게 된 학생들이 거리로 뛰쳐 나왔다. 이때 경찰이 학생과 시민들에게 총을 쏘아 8명이 총에 맞아 죽고, 50여 명이 부상을 당했다. 4월 11일에는 더 충격적인 사건이 일어났다. 마산 부두에서 김주열이라는 열일곱 살 난 고등학생이 눈에 최루탄 파편이 박힌 시체로 발견된 것이다. 최루탄에 맞아 죽은 시체를 경찰이 몰래 바다에 버린 것이다. 이 사건으로 인해 일은 더 크게 번졌다.

마산에서 시작한 시위는 이제 전국으로 퍼졌다. 4월 19일에는 마침내 10만 명이 넘는 서울 시민이 시청 앞과 서울역 광장에 모여 거리를 행진하며 자유를 외쳤다. 이것이 '4·19혁명'이다. 이 격동기에 동엽은 가만히 있을 수 없었다. 동엽은 이 시대의 아픔을 담은 문학 작품을 모아 책으로 내기로 한다. 1960년 7월, 동엽은 잠시 일하고 있던 교육평론사에서 『학생혁명시집』을 펴낸다. 4·19혁명 이후 여러 잡지와 책이 혁명을 흥분된 어조로만 노래했으나, 신동엽이 손수 제작한 이 시집은 시다운 형상미와 의식이 높은 작품을 선별하여 수록하고 있어 문학사적으로 매우 중요한 서적이다.

이 시집은 혁명이 끝난 뒤, 혁명을 노래한 학생과 시민, 작가들이 쓴 시를 모아 엮은 것이다. 이 시집에는 "우리

1960년 신동엽이 월간 교육평론사에 재직하며 펴낸 『학생혁명시집』

親愛하는 申林 譯兄

그리의 서울의 따르막이 너무나
싱거워 무어라 타리를 할까…때
南의 따뜸이 이드르.

1959年의 우리 文壇에 큰 나의
힘을 부어본 외4치게 고따운 譯
兄. 그러한 混亂을 돌타멀듯이
덜 얽으로도 그 混亂을 꾸난
히 타개 하기爲여의 서로 힘변
을 다 합시다.

좋은 作品을 계속 보여주시기는
갈빵떠며 오늘은 그그만한
葉書을 뒤전의 따룹니다.

朴鳳宇

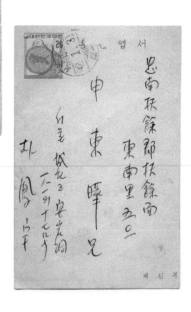

시인 박봉우가 신동엽에게 보낸 엽서

친애하는 석림 시형

형과의 서울의 마즈막이 너무나 싱거워서

무어라 사죄를 할까….

퍽 제의 마음이 아프오.

1959년의 우리 시단에 하나의 힘을 부어준

지나치게 고마운 시형.

그러한 난관을 돌파했듯이 또 앞으로도 그 난관을

무난히 타개하기 위하여 서로 최선을 다합시다.

좋은 작품을 계속 보여주시기를 갈망하며

오늘은 조그만한 엽서를 허전히 띠웁니다.

명성여고 교사 시절 신동엽

위 명성여고 문예반 학생들과 함께
아래 명성여고 문예반 학생들과 일엽 스님을 찾아갔을 때의 모습

는 아직 / 우리들의 피깃발을 내릴 수가 없다 / 우리들의 피외침을 멈출 수가 없다" 하고 노래한 박두진의 시 「우리들의 깃발을 내린 것이 아니다」 등 좋은 시들이 실려 있다. 또 신동엽의 「아사녀」라는 시도 실려 있다. 시인은 시의 마지막에 죽은 사람들의 넋을 위로하는 구절을 시인은 또박또박 썼다.

온갖 영광은 햇빛과 함께,

소리치다 쓰러져 간 어린 전사의

아름다운 손등 위에 퍼부어지어라.

—「아사녀」 끝 부분, 1963

이후 신동엽은 명성여고에서 교편을 잡는다. 그는 전주사범 시절부터 교사의 꿈을 간직해 왔다. 그러던 어느 날 가끔 지나치던 명성여고에 가서 그간 발표해 온 시 작품을 정리한 스크랩북을 교장에게 전달한다.

이것이 인연이 되어 얼마 뒤 이 학교 야간부 국어교사로 특별 채용된다. 봉급은 보잘것없었지만 그는 이 학교를 죽을 때까지 거의 9년 동안 다녔다. 그는 학생을 지도하면서 꾸준히 작품활동을 벌였다.

신동엽의 시작노트. 그의 꼼꼼한 성격 탓에 이 많은 노트가 아직도 보관되어 있다.

가장 안정되고 행복했던 시절의 인병선과 신동엽

위 신정섭, 인병선, 신좌섭
아래 1965년 온 가족이 함께
부소산 백화정에 놀러 갔다.

149

1962년 동엽은 동선동 5가 45번지에 25평짜리 단출한 기와집을 장만한다. 동엽의 가족은 단칸 전세방에서 서울 살림을 시작한 뒤로 채 3년도 안 되는 시간 동안 돈암동에서만 무려 서너 군데 셋방을 전전해야 했다. 그럼에도 이 시기가 동엽의 가족에게는 가장 행복한 시기였던 것 같다. 맏딸 신정섭은 이렇게 적는다.

> 이 집에서 우리의 생활은 점차 안정되어 갔고, 막내 동생 우섭이 태어났으며, 난 초등학교에 입학했다. 어머니는 손수 뜨개질과 바느질로 우리의 옷을 지어 입히시고, 마당에 화초를 가꾸는 등 집안 구석구석에 알뜰한, 더없이 가정적인 분이었다. 아버지는 낮 동안 안방에서 글을 쓰시고 오후엔 명성여고에 국어 선생님으로 나가셨다.
>
> ― 신정섭, 「대지를 아프게 한 못 하나 아버지 얼굴가에 그려넣고」(1979),
> 구중서, 『신동엽, 그의 삶과 문학』, 온누리, 1983, 219면

신동엽은 아이들에게 자상하기 이를 데 없는 아빠였다. "밤이면 어김없이 한두 번은 건너 오셔서 이불을 고쳐 덮어 주셨고, 누가 앓기라도 하면 밤새워 보살피는 건 어머니보다도 아

'
신동엽은 기회가 있을 때마다
가족과 함께 나들이를 다니는
자상한 아빠였다
,

1964년 5월 창경궁에 놀러 갔다. 신명숙, 신좌섭, 인병선, 신동엽, 신정섭

인병선의 모친 노미석의 회갑연.
노미석은 이들 가족이 서울에 정착하는 데 많은 도움을 주었다.

좋은 언어로 신동엽 평전

1967년 처음이자 마지막이 된 부부동반 여행. 여행지는 계룡산이었다.

버지셨다. 언젠가 내가 심하게 체했을 때도 밤새도록 드나드는 화장실과 수돗가를 일일이 뒤쫓아 다니시며 부축하고 등을 두드려 토하는 것을 도와주셨다. 배를 쓸어 주시던 넓고 따스한 손바닥이 때로 생각키운다"라고 맏딸 신정섭이 회고하듯 그는 참 자상한 사람이었다. 하지만 이 가족이 가장 행복했던 이 집에서 7년 뒤 시인은 돌아올 수 없는 먼 여행을 떠난다.

동엽은 동선동 집에서 행복한 생활을 하며 1963년 3월 장시 「이야기하는 쟁기꾼의 대지」 등 18편을 수록한 시집 『아사녀』(문학사)를 발간한다. 시집이 나오고 나서 며칠 지난 봄날, 신동엽의 친구들은 시집 출간을 축하하기 위해 모였다. 출판기념회는 시청 앞에 있는 중국 음식점에서 치렀다. 이 자리에는 유명한 시인이 모두 모였다. 특히 「보리피리」로 유명한 문둥병 시인 한하운도 참석했는데, 몇몇 사람이 그의 옆에 가기를 꺼려했으나 동엽은 반갑게 악수하며 맞이했다.

출판기념회는 나중에 극작가가 된 멋쟁이 신봉승 시인이 사회를 보고, 시인 가운데 한 명이 나와 「산에 언덕에」를 나지막한 목소리로 낭송했다.

시집 『아사녀』 표지

그리운 그의 얼굴 다시 찾을 수 없어도

화사한 그의 꽃

산에 언덕에 피어날지어이.

그리운 그의 노래 다시 들을 수 없어도

맑은 그 숨결

들에 숲 속에 살아갈지어이.

쓸쓸한 마음으로 들길 더듬는 행인아.

눈길 비었거든 바람 담을지네.

바람 비었거든 인정 담을지네.

그리운 그의 모습 다시 찾을 수 없어도

울고 간 그의 영혼

들에 언덕에 피어날지어이.

시를 다 읽자 기념회장은 마치 깊은 숲 속처럼 고요해졌다. 이 시는 4·19혁명 때 죽어간 영혼을 기리는 노래로, "그의 영혼 / 들에 언덕에 피어날지어이"라며 죽어간 이들의 부활을 소망하고 있다. 이 시는 1989년에 중학교 3학년 국어교과서에 실리기도 했고 작곡가 백병동이 노래로 만들기도 했다.

申 東 曄 詩集

아사녀

1959年度 朝鮮日報
新春文藝에서 韓國文壇
을 들끓게한 問題의 長
詩「이야기하는 쟁기꾼
의大地」를 비롯하여 새
로운二十餘篇의 抵抗詩集

＜120원＞

文學社刊

絶版
一文
社

위『아사녀』출판기념회
아래『아사녀』광고문

156

좋은 언어로

신동엽 평전

申東曄氏의 詩集 '아사녀' 出版을 記念하고자 다음
과 같이 모임을 가질 예정이오니 부디 오셔서 자리를
빛내 주시면 기쁘겠읍니다

記

때……一九六三年三月二十二日(金) 下午七時
곳……大麓都 (市廳앞)
회비……一〇〇원

一九六三年三月

發起人　盧文
　　　　辛東門
安東林　　朴喜宣　　申基宣
李秋林　　申東漢　　辛奉承
鄭漢模　　李尚變　　李轍均
河瑾燦　　李漢模　　車凡錫
玄在勳　　　　　　 (아나다順)

式順　　　　司會 ─ 李啓絅

1. 開會辭
2. 祝習(略 一秒)
3. 來賓祝辭
　① 祝辭
　（新聞社, 學校, 文壇先輩）
　（李股球, 邦漢淺, 朴斗鎭, 某氏）
　② 詩評
　（申東璿, 李尚變, 申基永 中에서）
　③ 交友印象談
　（盧文, 河瑾燦, 李秋林, 申東門 某氏
　　申基宣, 辛東林, 玄在勳 中에서）
4. 花環(記念品) 贈呈式
5. 詩朗讀　모동인 (山의 얼굴에)
6. 人事
7. 閉會辭

『아사녀』 출판기념회 초대장

| 노래로 불린 「산에 언덕에」|

작곡가 백병동의 「산에 언덕에」 육필악보. 1990년 작곡

위 출판기념회에서 축사를 하는 한하운 시인
아래 1963년 신동엽의 첫 시집 『아사녀』 출판기념회. 왼쪽에 서 있는 사람이 신동엽, 오른쪽은 사회를 맡았던
　극작가 신봉승

160

1964년 신동엽은 역사의 현장을 찾아다니면서 그곳에 서린 아픔과 아름다움을 노트에 기록하고 시로 담아 냈다.

1964년 제주 여행록에는 7월 29일 서울을 출발하여 부여를 경유하고, 7월 30일에 목포에서 하루를 머물고, 7월 31일에 제주도에 상륙하여 8월 7일까지 제주도에서 지낸 일기가 써 있다.

동엽은 대학원을 졸업하던 1964년 시 「황진이의 체온」을 발표하고 당분간 작품활동을 쉬다가 1965년부터 다시 많은 작품을 발표하기 시작한다. 1966년 6월에는 그가 쓴 시극詩劇 〈그 입술에 패인 그늘〉이 최일수崔一秀 연출로 국립극장에서 상연되기도 하였다.

| 제주 여행록 |

1964년 여름방학

서울 출발 …… 7월 29일

부여 경유

부여 출발 …… 7월 30일

〈새벽 꿈에 별 보다〉

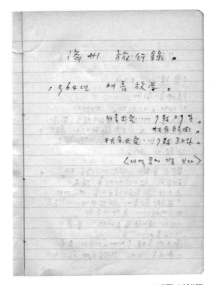

제주 여행록

7월 30일 …… 목포 착

1박

유달산 오르다.

육지를 향해

안 된다. 안 된다. 바다의 침입을 더 이상 용납할 순 없지 않으냐! 고,

제의하면서 열렬히 동의를 구하고 있는 것 같은 자세의 산.

관광객들이 심심치 않다.

허술한 삼베 바지를 입은 오십대 가차운 행인들 입에서

"미술가들이 보았다면…" 운운의 이야기가 흘러나온다.

역시 풍류객들이란 선질의 사람들이다.

남대문시장 속에서, 아무리 옷을 신사로 차린 사람들의 입에서라

할지라도

7월 30일 …… 木浦着。
　　　　　　　　一泊。
儒達山 오르다。
陸地를 向해。
안된다。안된다。바다의
侵入을 더 OK냐 容納할수 없기
않으냐! 고 抗議하면서 헌헌히
同議를 求하고 있는것 같은
꿈틀의 山。

觀光客들이 심심히 없다。
허술한 삼베 바지를 입은
五十代 가까운 住주를 입에서
夕 藝術家들이 보였다면 …… 운운
의 이야기가 흘러 나온다
역시 風流客들이란 豊裕의
사람들이다。
南大門 市場속에서, 아주리 못을
紳士로도 차라 사람들의 … 않지 란
　　　　　임에서 라

미럴 어휘들이 튀어 나올수 있음까。
木浦漁民들의 情緒를 閃爍했다。
살 빛이 검고 눈이 가늘다。
눈동자가 역꼬 (쪼굴라면 魅力가 있게)
빠비 두러진듯 바러진서 가늘다
눈이 크면 겁이 없다는 이야기는
물어다。
平原과 山野에서 땅을 바라보고
끝임없이 前進하려 이곳 바다
끝까지 와서 도사리고 앉았을때는
붓住民들의 눈동자가 많고
크게 열려 있을수는 없었을것이여
맑고 큰 눈동자들은 東쪽으로 향
통신。不安없이 의迁에
부끄러지를 도렸을것이다

그래서 이곳엔 前代의 …… 융小 愚直는
行動力派들이 陣을 첬다
仁者는 山을 좋아하고
勇者는 바다를 좋아한다。

이런 어휘들이 튀어날 수 있을까.

목포 원주민들의 특징을 발견했다.

살빛이 검고 눈이 가늘다.

눈동자가 약간(여자라면 매력있게) 삐뚜러진 듯하면서 가늘다.

눈이 크면 겁이 많다는 이야기는 옳다.

평야나 야산지대를 마다하고

끊임없이 전진하여 이곳 바다 끝까지 와서 도사리고 앉았을 때

그 선주민들의 눈동자가 맑고

크게 열려 있을 수는 없었을 것이다.

맑고 큰 눈동자들은 평화스러운

동산, 서정적인 강변에

보금자리를 폈을 것이다.

그래서 이곳엔 전진적인 다소 우직한

행동파들이 진을 쳤다.

인자仁者는 산을 좋아하고

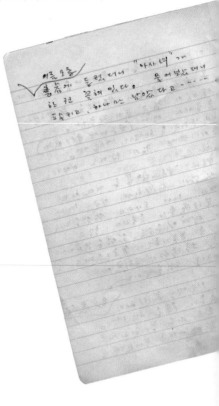

용자勇者는 바다를 좋아한다.

이름 모를 서점에 들렀더니 "아사녀"가

한 권 꽂혀 있다. 물어봤더니

팔리고, 하나만 남았다고······.

신동엽은 역사의 현장을 찾아다니면서 그곳에 서린 아픔과 아름다움을 노트에 기록하고 시로 담아냈다.
사진은 1964년 제주도에서 찍은 것이다.

詩劇同人会 次2回公演

66. 2. 26～27. 후.오오

국립극장

시극 〈그 입술에 패인 그늘〉 팜플렛 표지

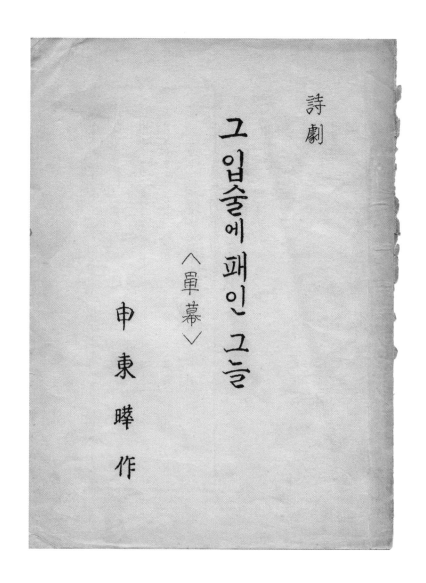

시극 〈그 입술에 패인 그늘〉 대본 표지

作家의 말⇨ 일찍이 〈진달래山川〉이라는 抒情的인 詩를 쓰면서 詩를 생각해 보았다. 이윽고 國內에서 上演되는 演劇을 보면서도 詩劇을 信懷하게 되었다. 반面을 보면서도 詩劇을, 合唱을 들으면서도 그리고 交響曲을 들으면서도 점점 具體化하 가는 詩劇에 관한 關念을 싹을 길어 왔던 것. 뿐만아니라 一般的 의 舞踊與劇을 보면서도 詩劇의 舞踊藝術性이 가능함을 믿는, 가야할 말 보다 次元 높은 이야기론 公束하게 되었다.

그러니가 흔히 오래되는 詩劇이란 劇으로 쓴 詩가 아니다. 個女로 쓴 劇은 劇文學이지 詩劇은 아니다. 지금 내가 쓰 가고 싶은 詩劇은 나의 企圖에 의하여 새로이 출발하는 文學運動上의 드라마 새 境地이어야 할 것이다.

「그 입술에 파인 그늘」은 작년 2月號 〈國文學誌〉에 發表한 것이 애당 쓰여진 것은 벌써 전이 63年度였었다. 짧은 不滿은 많다. 그러나 硏究公演이라는 집에서 期待를 가지고 있다.

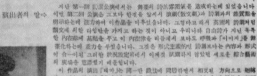

詩劇 그 입술에 파인 그늘

申 東 曄 作
崔 一 秀 演出

스 탭		카 스 트	
무대감독……黃 輝	미 술……金 永 審	부상병(남자)……崔 佛 岩	
안 무……林 聖 男	조 명……高 天 山	부상병(여자)……金 愛 利 士	
발 레……林 聖 男발레團	효 과……孔 聖 濯	노 인……■ 賢	
음 악……金 宗 三	조연출……朴 泳 場	코러스……文 五 長	

줄거리⇨ 소속불명의 두 패잔병이 산속에서 만났다. 하나는 남자, 하나는 여자.

그들은 서로 초면 전자가 어려운 之이었다는 것을 의식하기 전에 원시적인 대욕을 느낀다. 그러나 갈증비 몰려오는 포스리는 그들의 마음에 새로운 갈등을 끓어 일으킨다.

서로 떼어서 자기 소속부대를 찾아가려 이나 뜻을 이루지 못한다. 그들은 총을 묘 귀꾼속에 묻고 고자를 벗어던진다. 평화가 오면 총을 녹여서 호미를 들겠다고 말하면 서 자기들의 사랑을 가꾸기 위해 동굴로가 려 한다. 그러나 소속모를 비행기의 사격 에 의해 쓸어진다.

演出者의 말⇨ 지난 第一回 試演公演에서는 舞臺의 詩的雰圍氣를 造成하는데 있었습니다 이번 第二回 公演을 그보다 한걸음 앞서서 演劇(散文劇)과 詩劇과의 鑑賞點을 明示하는데 注力하여 作品을 다루었습니다. 그렇다고 해서 其它의 詩劇처럼 韻文에 의한 다인받은 가지고 하는 것이 아니고 우리나라 自由詩가 지닌 독특 한 內在律에 基礎를 두고 이 內在律을 비들여서 보다는 映像과「이미지」를 舞 臺化하는데 力力을 두었습니다. 그것은 形式主義的인 詩劇보다는 內容과 形式 이 合一되 그러된 狀況設定위에서 이제껏 試圖과지 않았던 새로운 綜合藝術 의 境地를 意圖한다 때문입니다.

이 作品의 演出「테마」는 同一한 誕生의 間隔에서 相反된 方向으로 超越 하고 있는 巨大한「둘」나 現代를 悟性으로 감응하고 있는 이 悟性을 相反 된 둘이에 살고 있는 人間을 觀察하여 戰爭과 平心으로 相對方의 超越을 停止 시키며 마치막 相對攻 人間들을 서로 悟感하여 支配當하면서도 平和를 띠우려는 비 무입니다. 그러므로 이 映像은 平和만을 爲慕하나나 하는비 있습니다. 여기에 無數의 두 人間이 마지 안식처의 나비가 한떽이기 꽃처에 앉아서 「비로」을 演唱하는 舞踊을 통하여 「이미지」됩니다. 그리고 悟性을 무참되고 吾을 경알하 버립니다. 그리고 오늘의 悲劇性(悲劇)을 양쪽에 실어보는 老人本 宇宙的인 視點에서 이를 批判하는「코러스」가 動員됩니다. 또한 여기 의 舞踊(발레)는 合唱과 音響과 照明과 與面이 綜合되 舞臺에서 大團調을 이 루며 새로운 次元을 創現하게 되는 것입니다.

시극 〈그 입술에 패인 그늘〉 팜플렛.
작가 신동엽과 연출가 최일수의 글. 안무 임성남, 남자 부상병 최불암, 코러스 문오장 등이 눈에 띤다.

남 비행기 ?

여 예

남 몰라 ＜수통을 열며＞ 목만 추겨요.
＜피묵 밑통에 앉으며 수통에서 입술을 떼다＞ 아이 물냄새……

여 어쩌면 꼭 우리집 옹달샘 물맛같아……
＜무대 어두어지면서 (덕자에게만) 스포트로＞ 뒷뜰에 장독이 있겠거요.
그 장독뒤에 앵두나무가 있겠구. 앵두나무 밑에 맑은 옹달샘이 솟고
…… 고조할아버지께서 꿈 속에 현몽하믄 생이 있대요. 초 더름이
면 빨간 앵두 알이 그 맑즈 물속을 주렁 구어 들므 있었어
요.
＜다시 수통에 코를 가져다 내며＞ 아이 물냄새.
五

시극 ＜그 입술에 패인 그늘＞의 대본

제5부

1967~1968

우리들은 하늘을 봤다 / 1960년 4월 / 역사를 짓눌던, 검은 구름장을 찢고 /

영원의 얼굴을 보았다. // 잠깐 빛났던, / 당신의 얼굴은 / 우리들의 깊은 /

가슴이었다.

「껍데기는 가라」와 『금강』

가장 많이 알려진 신동엽의 이미지는 산에서 찍은 사진일 것이다. 신동엽은 주말마다 산행을 즐겼다.

> 아버지에게서 등산을 떼어 놓을 수 없는 것이었던 모양이다. 사진첩에도 산과 함께 찍은 사진들이 대부분인데, 산봉우리를 디디고 지팡이를 짚은 채 먼곳을 바라보는 사진 속의 아버지는 마치 구약성서 속의 어느 예언자인 양 의연하다. 그 분이 쓰시던 버너와 코펠, 등산복 등은 집에 그대로 좌섭이가 물려받아 쓰고 있다.
>
> — 신정섭, 앞의 글, 220면

산을 좋아한 그는, 산과 흙의 이미지로 역사에 명작을 남겼다. 신동엽은 1967년 1월 신구문화사에서 출판한 『52인 시집 – 현대한국문학전집』 제18권에 너무도 잘 알려진 「껍데기는 가라」를 비롯하여 「3월」, 「원추리」 등 7편의 시를 실었다.

문단에서 신동엽에 대한 평가가 점점 많아졌다. 시인 김수영은 신동엽의 시 「아니오」를 예로 들면서 "이 시에는 우리가 오늘날 참여시에서 바라는 최소한의 모든 것이 들어 있다. 강인한 참여의식이 깔려 있고 시적詩的 경제經濟의 기술이 숨어 있고 세계적 발언의 지성이 숨쉬고 있고 죽음의 음악이 울리고 있다.

좋은 언어로   신동엽 평전

북한산 백운대에서. 「껍데기는 가라」를 비롯해
장편서사시 『금강』을 발표하던 패기만한 작가 시절의 신동엽

등산을 즐긴 신동엽

174

등산 동료들과 함께

1967년 문인들과 함께. 왼쪽부터 임헌영, 이추림, 정을병, 신동엽, 한승헌, 남정현

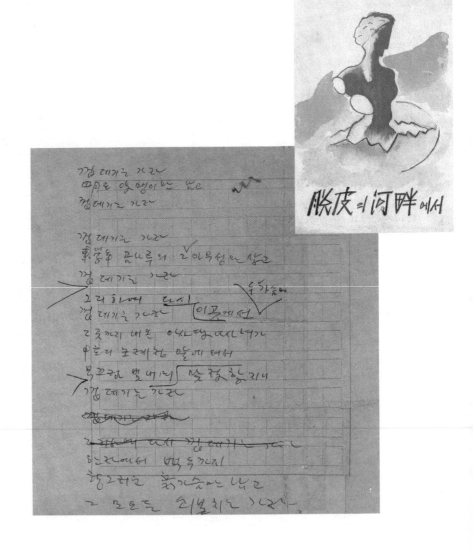

위 신동엽이 십대에 그린 그림
아래 시 「껍데기는 가라」 초고

좋은 언어로   신동엽 평전

(…중략…) 그의 업적은 소위 참여파의 다른 어떤 시인보다도 확고하다"(김수영, 「참여시의 정리 - 1960년대의 시인을 중심으로」, 『창작과 비평』, 1967.겨울)라고 평가한다. 또 김수영은 신동엽의 업적을 「껍데기는 가라」를 인용하여 설명한다.

> 껍데기는 가라
> 四月도 알맹이만 남고
> 껍데기는 가라
>
> 껍데기는 가라
> 東學年 곰나루의 그 아우성만 살고
> 껍데기는 가라
>
> 그리하여 다시
> 껍데기는 가라
> 이곳에선 두가슴과 그곳까지 내논
> 아사달과 아사녀가
> 中立의 초례청 앞에 서서
> 부끄럼 빛내며

맞절할지니

껍데기는 가라
한라에서 白頭까지
향그러운 흙가슴만 남고
그 모오든 쇠붙이는 가라

— 「껍데기는 가라」 전문

　김수영은 1연에 대해 "카랑카랑한 여무진 저음低音에는 대가
의 기품이 서려 있다"고 썼다. 2연을 두고는 "그의 고대에의 귀
의는 예이츠의 「비잔티움」을 연상시키는 어떤 민족의 정신적
박명薄明 같은 것을 암시한다. 그러면서도 서정주徐廷柱의 「신라新
羅」에의 도피와는 전혀 다른 미래에의 비전과의 연관성을 제시
해 주는 것이다"라고 평가했다.

　3연의 "중립의 초례청 앞에 서서"는 통일의 방법에 대한 신
동엽 나름의 해법을 제시한 것이다. 죽산 조봉암이 단지 평화
통일을 주장했다고 해서 사형을 당한 것이 불과 7, 8년 전임을
감안할 때 이러한 담론을 시에 담는 것은 쉬운 일이 아니다.

　이 시야말로 관념의 덮개를 떨궈낸 직설적 정언定言이 명료한

가락을 타고 울리는 명작이다. 우리 역사에는 껍데기가 알맹이 대신 주인 행세를 해오던 시절이 종종 있었다. 오죽하면 4·19 혁명으로 대표되는 4월에도 껍데기는 가라고 했을까. 민족의 알맹이를 지키고 가꾸려는 옹골찬 정열이 일관되어 "껍데기는 가라"는 구절과 함께 반복되고 있다.

김수영이 이 시에 대해 '미래에의 비전과의 연관성'을 본 것은 매우 중요한 대목이다. 왜냐면 「껍데기는 가라」는 1960년대의 현실만을 본 과거의 시가 아니기 때문이다. 4연에서 "향그러운 흙가슴만 남고 / 그 모오든 쇠붙이는 가라"고 한 것은 다만 1960년대 정치적 현실만을 논한 것이 아니다. 여기서 쇠붙이는 무기를 상징하는 것일 수 있고, 그래서 이 구절을 반전에 대한 생각을 노래한 것으로 읽을 수도 있다. '모오든 쇠붙이'는 당시 새롭게 등장한 독재 정권을 상징하기도 한다.

여기서 '모오든 쇠붙이'란 바로 위 행의 '향그러운 흙가슴'과 대비되는 개념으로 좀더 상징적인 의미를 띤다. '모오든 쇠붙이'는 정치적인 의미를 포함하면서도 한 단계 더 나아가 미래에도 있을 인간의 모든 부질없는 욕망을 상징한다. 일본어 역에서는 이 '쇠붙이'를 단순하게 '무기'로 번역하고 있는데, 이는 시의 넓은 상징성을 정치성으로만 좁혀서 해석한 것으로, 번역

資料調査。

東經大全 ······ 水雲
大巡傳經 ······ 李昊天
回天記 ······ 尹白南
草笛 ······ 崔仁旭
全羅山川 ······ 金榮來
東学과 東学乱 ······ 崔載喜
李容九傳 ······ 日本版

調査着手 ······ 1956年 가을。

見地踏査 ······ 1960. 春. 夏. 秋.
1962. 여름。

湖南地方
俗離山 地方
雪岳山 地方
錦江沿岸 地方

동학혁명 자료 조사 메모. 이 메모를 보면 장편서사시 『금강』이
얼마나 일찍부터 장시간 준비되었는가를 알 수 있다.

자의 의도가 지나치게 개입한 의역意譯이다(김응교, 「신동엽의 시 「종로5가」·「껍데기는 가라」와 일본어역」, 『사회적 상상력과 한국시』, 소명출판, 2002, 59~64면). 한편 이 시에서 '껍데기는 가라'는 호명보다 시인이 더욱 중요하게 생각했던 것은 '향그러운 흙가슴'이다. 따라서 이 시는 시의 밑바닥에 흐르는 '향그러운 흙가슴'을 중심으로 해석해야 할 것이다.

어떤 이들은 이 시를 퇴행적 복고주의니 배타적 민족주의라는 말로 비판한다. 김수영도 신동엽이 "쇼비니즘으로 흐르지 않을까"(김수영, 「참여시의 정리」) 하고 염려했다. 하지만 그의 시를 논할 때는 지금의 잣대로 비판하기보다는, 당시의 시대적 상황을 살펴 시인이 왜 이러한 정언적定言的 호명을 남겼는가 생각해 보아야 한다. 이 시를 이방인에 대한 배타주의로만 읽는 것은 지나친 오해이다. 신동엽의 독서 노트와 일기장을 보면 그는 엄청난 양의 세계문학 작품을 두루 읽고 받아들인 것을 알 수 있다. 이런 점만 보더라도 그가 단순한 배타적 민족주의자가 아니라는 것은 충분히 짐작할 수 있다.

신동엽은 「껍데기는 가라」를 발표한 그해 1967년 12월에는 펜클럽 작가기금 5만 원을 받아, 전주사범 시절부터 거의 20년 동안 구상해 온 이야기, 그 유명한 『금강』을 쓰기 시작한다. 그

는 집필을 위하여 방학 때면 호남을 여러 번 답사하고, 설악산
과 속리산 등을 찾아가 동학의 유적을 추적했다. 자나깨나 『금
강』에 온 정신을 기울여, 밥 먹을 시간도 잊고 원고지에 쓴 글을
읽으며 방안을 왔다 갔다 했다. 나중에는 아예 여관방을 하나
빌려서 원고지와 씨름했다.

  2년 뒤 1968년 초에 드디어 신동엽은 장편서사시 『금강』
(『한국현대 신작 전집』 5권)을 발표한다. 모두 26장으로 이루어진
4,800행의 대작이다. 당시 문인들은 이 작품에 놀라움을 감추
지 못했다.

  우리들은 하늘을 봤다
  1960년 4월
  歷史를 짓눌던, 검은 구름장을 찢고
  永遠의 얼굴을 보았다.

  잠깐 빛났던,
  당신의 얼굴은
  우리들의 깊은
  가슴이었다.

하늘 물 한아름 떠다,

1919년 우리는

우리 얼굴 닦아놓았다.

1894년쯤엔,

돌에도 나무등걸에도

당신의 얼굴은 전체가 하늘이었다

—『금강』2에서

『금강』 '서화'의 일부인 이 시에서 보듯 신동엽은 4월 학생혁명과 1919년 3·1운동, 50만 농민이 일어섰다가 10만이 죽었다는 동학혁명의 의미를 더듬고 거기서 민족의 '하늘'을 본다. 동엽은 동학혁명-3·1운동-4·19혁명을 하나로 연결하여 계보학을 만들어낸다. 또 『금강』 전편을 관통하는 '하늘'이란 이미지는 모든 사람들이 서로 돕고 행복히게 살이가는 평회공동체를 상징한다. 그는 "굶주려 본 사람은 알리라 / 하루 이틀도 아니고 / 한 해 두 해도 아니고 / 철들면서부터 / 그 지루한 / 30년, 50년을 / 굶주려 본 사람은 / 알리라"(『금강』 7)라고 하면서 탐관오리 탓에 굶주린 백성의 허연 죽사발 같은 눈동자를 그려낸다.

신동엽은『금강』에서 1894년의 동학혁명이 마치 오늘 일어난 것처럼 생생하게 표현하기 위해서, '신하늬'와 '인진아'라는 인물을 창조해낸다. 주인공 신하늬는 민란의 주동자로 도망을 다니다가 우금치에서 살아남아 의병활동을 벌이는 인물이다. 여자주인공 인진아는 궁을 도망 나온 궁녀로 하늬와 사랑을 하게 되고, 동학에 입문하게 된다. 이 두 주인공에는 신동엽 자신과 그가 가장 사랑한 인병선이 투영되어 있다. 이 이야기에 그 자신과 아내 그리고 그의 모든 삶을 녹여낸 것이다.『금강』에는 주인공 외에도 농민군 지도자 병학, 약초 캐는 동학의 비밀접주 아소 할아버지, 죽음으로 벗들을 살리는 방돌개, 활인소에서 농민군을 돕는 고창댁 등 그의 머릿속에 있던 4대에 걸친 13명의 주요 인물은 작품 속에서 살아서 움직이며 생생한 이야기를 들려 준다.

특히『금강』에는 기이한 출생을 하여 초혼에 실패하고 인진아를 만나는 신하늬와 동학에 입교했다가 조병갑의 학정에 아버지를 잃은 전봉준의 만남과 헤어짐의 이야기도 나온다. 둘은 동학혁명으로 만났다가 혁명의 실패로 헤어진다. 동학혁명이 실패하자 신하늬는 아들을 남긴 뒤 죽음에 이르고, 전봉준은 체포·압송되어 형장의 이슬로 사라진다.

1968년 2월 4일 『주간한국』에 실린 장편서사시 『금강』 기사

187

신동엽은 『금강』을 마무리하면서 옛 이야기가 단순히 과거의 사건으로 끝나는 것이 아님을 보여 준다. 그가 과거 이야기의 재구성을 통해 궁극적으로 말하고 싶은 것은, 과거는 미래를 위한 거울이라는 사실이다. 이 점을 강조하기 위해 그는 『금강』의 '후화·1'에 종로에서 마주친 한 소년의 이야기를 담는다. 그는 앞으로 다가올 미래를 그려 보고 싶었던 것이다.

밤 열한 시 반
종로 5가 네거리
부슬비가 내리고 있었다.

통금에
쫓기면서 대폿잔에
하루의 노동을 위로한 잡담 속,
가시오 판 옆
화사한 네온 아래
무거운 멜빵 새끼줄로 얽어맨
소년이, 나를 붙들고
길을 물었다,

충청남도 공주 동혈산, 아니면

전라남도 해남 땅 어촌 말씨였을까,

죄없이 크고 맑기만 한

소년의 눈동자가

내 콧등 아래서 비에

젖고 있었다.

국민학교를

갓 나왔을까, 새로 사 신은

운동환 벗어 들고

바삐바삐 지나가는 인파에

밀리면서 東大門을

물었다,

등에 짊어진

푸대자루 속에선

먼길 여행한 고구마가

고구마끼리 얼굴을 맞부비며

비에 젖고,

내 가슴에선
도시락 보자기가
비에 젖고 있었다,

나는
가로수 하나를 걷다
되돌아섰다,

그러나
노동자의 홍수 속에 묻혀
그 소년은 보이지 않았다.

—『금강』후화1에서

이 대목에서 동엽은, 시골에서 서울로 올라온 소년의 누이가
거리에서 몸을 파는 여자가 아닐까 연관짓기도 하고, 소년의 아
버지가 고층 건물 공사장에서 자갈 나르는 노동자가 아닐까 하
고 독자에게 묻는다. 이것은 바로 1960년대 농촌에서 서울로
이주해 온 농민 가정의 모습이다. 아울러 동학혁명이 일어난 당

좋은 언어로   신동엽 평전

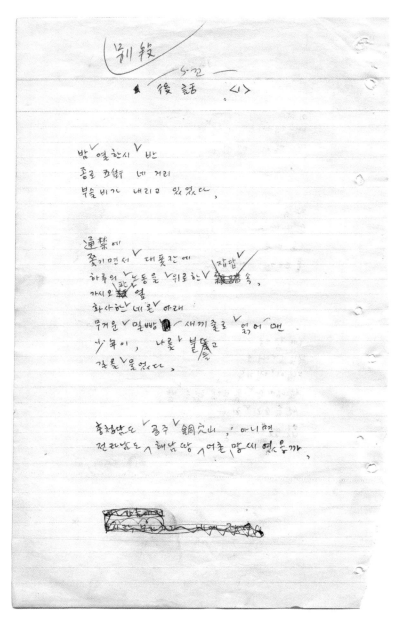

장편서사시 『금강』 초고 일부

죄 없이 크ㄹ 맡기만 하는
~푸의 눈동자가
내 곳 등 아래서 비에
젖고 있었다,

국민학교를 ~~~~~~
갓 나왔을까, 새로 사신은
운동화 벗어 들고
바삐 바삐 지나가는 ~~~ 인파여
멀리면서 東大門을
물었다,

등에 짐어진
푸대자루 속에선
먼 길 여행한 고구마가
고구마끼리 얼굴을 맞부비며
비에 젖고, ~~~~~

내 가슴●에선
도시락 보자기가
비에 젖고 있었다,

좋은 언어로

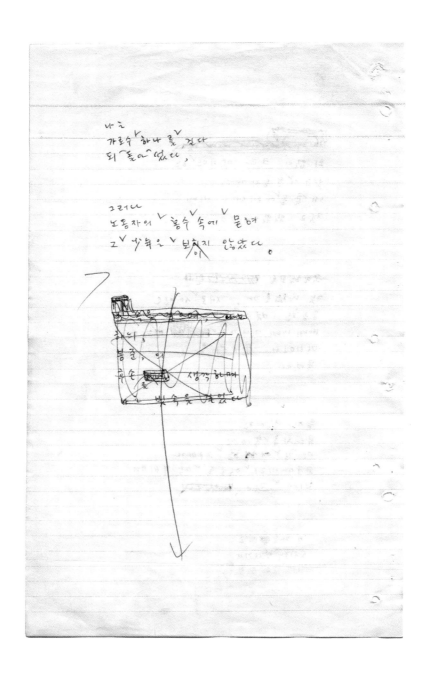

가극 〈금강〉 악보의 하나(이현관 작곡)

아침저녁 네 머리 위
사 람

티 없 이 맑은 구원의 하늘을 마실 수

있 는 사 람 은 ── 두려움을 알 리 라

불쌍함을 알 리 라

D.C.

最長詩「錦江」을 내놓은 申東曄

東學은 휴머니즘의 寶庫

近代化를 외치는
民衆의 얼굴 浮刻

『우리가 내세울 일이 곧 東學이
다』고 斷言하는 申東曄씨

『금강』 집필 후 인터뷰

시의 사회적인 문제가 아직도 해결되지 않고 남아 있음을 지적하는 것이다.

평론가 김주연은 『금강』에 대하여 "최근에 나온 시들 가운데 단연코 가장 중요한 업적이 될 것이다. 그것은 뜨거운 관심으로 우리의 역사를 그려 내고 있으며, 우리로 하여금 과거와 현재를 하나의 연속적인 현실로 이해하게 한다"(김주연, 「시에서의 참여 문제 – 신동엽의 『금강』을 중심으로」, 『상황과 인간』, 박우사, 1969)라고 평했다. 최원식은 "이로써 근대문학의 전개 과정에서 침묵당한 유령들이 지각을 뚫고 융기하였다. 이 서사시의 출현을 계기로 비로소 근대주의의 환상을 거절한 민족문학, 민중문학의 흐름이 1970년대 이후 도도한 대세를 이루었으니, 우리 문학은 비로소 오랜 금기를 넘어 농민군의 깊은 침묵의 소리에 육박해 갔다"(최원식, 「동학과 농민군」, 『문학의 귀환』, 창비, 2001, 221면)라고 평했다.

농엽은 39세가 되던 1968년에 오페레타 〈석가탑〉을 써서 드라마 센터에서 공연하는 한편 「술을 많이 마시고 잔 어젯밤은」, 「그 사람에게」, 「고향」, 「봄은」, 「수운이 말하기를」, 「산문시」 등 여러 편의 작품을 써서 발표했다.

작곡자의 말

白秉東

劇音樂이란 한마디로 말해서 좋은 台本과 좋은 音樂 그리고 좋은 演出, 이 三者가 一体를 이룸으로써 이루어질수 있는 것이라고 생각합니다.

이 作品은 작년 12月 중순에 幕을 올릴 예정으로 7月에 착수하여 10月에 完成한 것입니다.

당시 나는 오페라에 뜻을 두어 이의 구상에 골몰하고 있던터에 뜻밖에 申東曄씨의 좋은 台本을 얻을수 있어 비교적 손쉽게 作曲이 진행된 셈입니다. 이러한 우리의 제휴는 현재 作曲中에 있는 오페라 "아사녀"로로 이어집니다만 그런 의미에서 이 오페렛타 "석가탑"은 오페라 "아사녀"의 산파역이 된 중요한 실험과정이랄수도 있겠읍니다.

그러나 당초부터 演奏者가 나어린 고교생이라는 제약이 따랐기 때문에 생각하던 의도대로 표현할 수 없었던것은 퍽 안타까운 일입니다. 이것은 聲域뿐 아니고 기교에 있어서도 미숙함을 면치 못하기 때문입니다. 또한 男役도 모두 女學生들이 담당하기 때문에 특히 아사달役등은 여간한 고통이 아니었고 獨白풍의 간헐적인 리듬과 비약적인 音程, 高校生의 수준으로는 非常識으로 생각되는 進行과 變拍子등 때문에 연습하는 데도 무척 힘들었으리라 생각됩니다. 〈서울대 음악대학 강사역임. 주요 작품: "관현악곡潭" 외 수곡. "실내악곡" "기악곡" "가곡" 등 30여곡.〉

노래 ⑱ 달이 뜨거든

〈제5 경에서〉

〈아사녀〉

달이 뜨거든 제 얼굴 보셔요
꽃이 피거든 제 입술을 느끼셔요
바람 불거든 제 속삭임 들으셔요
냇물 맑거든 제 눈물 만지셔요
높은 산 울창커든 제 앞가슴 생각하셔요.

〈아사달〉

당신은 귀여
당신은 드넓
울다돌아간
당신은 내
원.

오페레타 〈석가탑〉 팜플렛

좋은 언어로   신동엽 평전

작자의 말

申 東 曄

오페렛타라는 형식이 어떤 것인지도 잘 모르면서, 학교장님의 분부에 의해 작년 여름방학과 가을을 서재속에 묻혀 살았읍니다.

「삼국유사」속에 몇마디의 한자로 기록되어 있는 아사녀와 아사달의 이 설화는 실상 오래전부터 기회만 있으면 문학작품으로 재구성시켜 보겠다고 벼르고 있던 소재입니다. 이미 오래전에 현진건씨는 이 설화를 가지고 "무영탑"이라는 소설을 썼읍니다. 그러나 나는 이번 "석가탑" 대본을 쓰면서 이 전설을 나대로 새로이 해석하려 노력해 봤읍니다. 순수한 연극대본이 아니라 작곡을 위한 가극대본이라는 점에서 여러가지 어려운 문제도 많았읍니다.

그러나 다행이 훌륭한 작곡가를 만나 놓고 신선한 곡을 얻을수 있었다는것은 어느모로 보나 나한사람만의 기쁨으로 끝나는건 아니라고 생각합니다.

이번 "석가탑"의 초연이, 한국 작곡가들에 의한, 한국 시인들에 의한, 한국 고유의 "흥"을 찾아내려는 어떤 운동에 다소라도 자극제가 되어준다면 그건 또 전혀 의외의 소득이라고 얘기하는게 옳겠읍니다.

〈주요작품 : 詩劇"그 입술에 파인 그늘" 서사시 "錦江."현재, 본교 재직〉

品
→
랑 준 영감의 군

〈2 중창〉
우리들은 헤어진게 아녜요
우리들은 나뉘인게 아녜요
우리들은 딴 세상 본게 아녜요
우리들은 한 우주 한 천지 한 바람속에
같은 시간 먹으며 영원을 살아요
잠시 눈 깜박사이 모습은 다르지만
나중은 같은 공간속에 살아요
꼭 같은 노래 부르며
한가지 허무속에 영원을 살아요.

오페레타 〈석가탑〉 팜플렛 표지와 오페레타 〈석가탑〉 악보

좋은 언어로   신동엽 평전

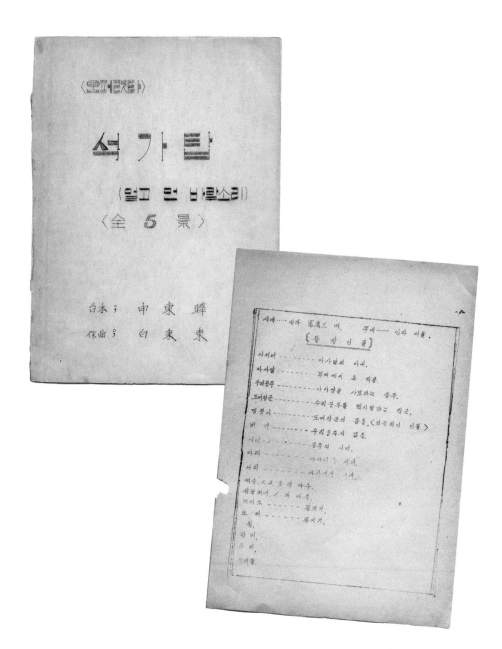

오페레타 〈석가탑〉 초고

제6부

1969~

우리의 만남을 / 헛되이 / 흘려버리고 싶지 않다 / 있었던 일을 / 늘 있는

일로 하고 싶은 마음이 / 당신과 내가 처음 맺어진 / 이 자리를 새삼 꾸미는

뜻이라 // 우리는 살고 가는 것이 아니라 / 언제까지나 살며 있는 것이다.

詩人
申瑞翠墓

향그러운 흙가슴만 남고

1968년 겨울, 맏딸 정섭이 중등학교에 입학하고 막내 우섭이가 초등학교에 들어갈 무렵, 신동엽의 건강이 극도로 악화되었다. 『금강』에 그의 모든 에너지를 쏟아부었기 때문일까. 그는 잠도 안 자고 글을 썼었다. 그는 『금강』을 발표한 뒤, 이어서 『임진강』이라는 또 다른 장편서사시를 쓰려고 마음먹고 있었다. 『임진강』을 쓰기 위해 문산 지역을 취재하다가 수상한 사람으로 오인받아 군부대에 잡혀 하룻밤을 지내고 오기도 한다. 그 겨울 신동엽은 기침을 몹시 많이 하였다.

1969년 3월 중순, 동엽은 인병선과 함께 세브란스 병원에 갔다. 이날 인병선은 사랑하는 남편의 병명이 간암이라는 판정을 듣는다.

신동엽은 1951년 국민방위군에 갔다 돌아오는 길에 배고픔을 참지 못해 낙동강가에서 민물 게인 갈게를 날로 먹었다. 이것이 나중에 탈이 나 간디스토마와 폐디스토마에 걸렸었다. 끊임없는 과로 때문에 이것이 간암으로 발전한 것이다. 그의 몸은 이미 회복하기 어려운 지경이었다. 인병선은 남편을 살릴 수 있다면 누구한테라도 매달려 애원하고 싶었다. 서울로 올라온 그의 아버지는 동엽의 모습을 보고는 더 이상 가망이 없다고 판단하고 눈물을 흘렸다. 아버지가 "저거 명대로도 못사는

가 보구나"라며 아버지가 한탄할 때 동엽은 죽을 때까지 "괜찮
으니 걱정마십시오"라고 말했다.

1969년 4월 5일은 토요일이었다. 같은 문인으로 동엽과 친
하게 지내던 현재훈, 신동한, 남정현 세 명이 과일을 사 들고 그
의 집대문을 들어섰다. 마당에서 한약을 달이던 인병선이 문병
객들을 맞았다. 집 안에는 한약 달이는 냄새가 가득했다. 동엽
은 한쪽 구석에 의자를 놓고 거기에 엎드리듯 기대어 있었다.
맏딸 정섭은 이 무렵을 이렇게 떠올린다.

> 어느 저녁인가 식탁에 둘러 앉은 우리에게, 아버지는 6·25사변
> 때 죽을 고비를 넘기며 탈출한 이야기를 웃으며 들려 주셨다. 어른
> 들이 깜쪽같이 사실을 숨겼기 때문에, 또 그때까지도 가까운 이의
> 죽음이란 실지로 있을 수 없는 일로 생각되었으므로 아버지의 임
> 종은 너무나 갑작스럽고 뜻밖이었다. 하늘이 낮게 드리워진 날이
> 었다. 봄 냄새가 짙어지기 시작한 4월 초이레, 그날의 일로 하여 그
> 해 일 년은 온통 하늘 낮은 잿빛 날들이었던 걸로 기억된다.
>
> — 신정섭, 앞의 글, 223면

4월 초이레, 그날은 하늘이 유난히도 파랗고 맑았다. 1969년

4월 7일 서울 성북구 동선동 5가 45번지에서 신동엽은 향년 39세의 젊은 나이로 조용히 숨을 거두었다. 신문에 신동엽이 세상을 떠났다는 기사가 실렸다. 장례는 3일장으로 치렀다.

장례식날 그가 가르친 학생들과 그의 친구들은 구슬 같은 눈물을 흘렸다. 신동엽의 제자는 목이 멘 채 『금강』의 7장을 읽었다.

여행을 떠나듯
우리들은 인생을 떠난다.

이미 끝난 것은
아무렇지도 않다.

아들을 잃은 충격으로 그의 어머니는 실성하다시피 살다가 이듬해 교통사고로 목숨을 잃는다. 아버지는 사법서사(현 법무사) 일을 계속 했다. 신동엽이 세상을 떠난 뒤, 그를 잊지 못하는 많은 사람들이 그를 기렸다. 지금까지도 그의 정신을 되살리고 싶어하는 절실한 마음이 모여 여러 추모 사업이 계속 이어지고 있다. 그는 먼 여행을 떠나 우리에게 잠시 슬픔을 주었으나, 너무도 소중한 선물을 남겼다.

1970년 4월 시비 건립

신동엽이 세상을 떠난 뒤 곧 '신동엽 시비건립추진위원회'(위원 장 구상)가 구성되었다. 문인, 동료, 제자 등 1백여 명은 경비를 모아 1970년 4월 18일에 부여읍 나성터 금강(백마강) 기슭 소나 무 우거진 곳에 시비를 세웠다. 원래 시인의 1주기가 되는 4월 7일에 완공하려 했으나 공사가 늦어져 4월 18일에 제막한 것 이다. 당시 건립비는 모두 26만 3천 원이 들어갔는데, 한국문 인협회, 시인협회, 펜클럽한국본부, 시극동인회, 조선일보사 및 지역 유지들이 후원을 했다. 시비의 글씨는 박병규가 쓰고, 설 계는 정건모, 조각은 최석구가 했다.

　제막식에는 김동리 등 약 3백 명의 문인이 모였다. 남포오석 으로 된 그의 시비는 가로 3미터, 세로 3미터 규모이다. 시비의 전면에는 그의 대표적 서정시 「산에 언덕에」를, 뒷면에는 구상 시인의 시비건립문을 새겼다. 당시로는 충남에 최초로 세워진 시비이다. 제막식은 소설가 최일남의 사회와 시인 구상이 식사 式辭를 하는 것으로 시작했다. 이어 시인 박봉우가 시비명을 낭 독하고 소설가 김동리가 추도사를 낭송했으며, 박두진은 강연 을 하는 등 당시 문단 중진들이 대거 참석했다. 신동엽의 위치 를 엿볼 수 있는 대목이다. 시인 구상이 쓴 시비건립문은 신동

|향그러운 흙가슴을 남긴 채 떠나간 신동엽 시인|

위 집 앞 길에서 노제를 지내는 모습
아래 발인하는 모습. 영정을 든 학생은 신동엽의 명성여고 제자

경기도 파주군 금촌면 월롱산 기슭 묘소에서 관 위에 흙을 뿌리는 인병선.
이 묘는 1993년 충남 부여군 부여읍 능산리로 이장했다.

1969년 4월 10일 『동아일보』 기사

젊은 나이로 요절한 신동엽 시인의 죽음을 안타까워하고 있다.

인사 줄입니다.

안월는 것은 우리의 불행한 시대를 가장 진실하고 가장 연련하게 노래하며 살다
간 申東曄詩人이 이승을 떠난지 어느듯 半개년, 생시 그와 가차히 지버던 詩友와
鄕友들이 오는 봄 四月, 그의 一週忌에 그의 故山인 扶餘에다 우애의 정표로서 詩碑를
세우기로 작정하고 그 건립위원회를 만들어 선생님을 위원으로 모셨읍니다.
사전에 선생님의 양해를 빌지 못해 죄송스러우나 故人을 추모해 주시는 뜻에서 물
리치지 마시고 物心양면의 도움을 주시기 간청합니다.
성금은 月刊文學社에서 주관하게 되오니 그리로 직접 보내 주시거나 또는 기변해
주시면 저이가 찾아 뵙겠읍니다.

一九六九년 十二월 一일

申東曄詩碑建立委員會

委員長 具 常

實行委員

章湖 金相一
盧文 辛東門
河瑾燦 李久湖
鄭健謨 李炳雨
俞鈺濬

必
本委員會의 李書으로
마일려드림겸해서
한토으로 친르로 보내드립니다.

신동엽 시비건립위원회가 1주기를 맞아 모금을 위해 문인들에게 보낸 엽서

「錦江」의 詩人 申東曄

詩碑 除幕式 案內

1976. 4. 18. 除幕・獻詩祭

申東曄詩碑建立委員会

委員　韓國文人協会・詩人協会
　　　民衆舘韓國本部・詩劇民人会
　　　朝鮮日報社

除幕式

〰〰〰〰〰〰〰〰〰〰〰〰〰〰〰〰〰〰〰〰〰〰〰〰〰〰

때 : 1970. 4. 18. 14시
곳 : 부여읍・나성지

〈式順〉

1. 開　式 ······································(司会)崔　一　男
2. 式　辞 ··具　　常
3. 経過報告 ··盧　　文
4. 略歴報告 ··李　夕　湖
5. 除　幕
6. 追悼黙念
7. 献　花 ··章　　湖
8. 建立文朗讀 ··河　瑾　燦
9. 詩碑銘朗讀 ··朴　鳳　宇
10. 追悼詩朗讀 ···辛　東　門
11. 追悼辞 ···金　東　里
　　　　　　　　　　　　　　　　　　　　　　　　　　田　俊　淇
　　　　　　　　　　　　　　　　　　　　　　　　　　洪　思　俊
　　　　　　　　　　　　　　　　　　　　　　　　　　趙　南　翼
12. 合　唱 ··扶餘女高合唱班
13. 焚　香
14. 閉　式

詩碑建立文

　　우리 강토와 겨레의 쓰라린 역사와 욕된 현실 속에서 민족의 비원을
노래한 시인 신동엽은 1930년 8월18일 부여 고을 동남 마을에서 태어
났다. 그는 전주사범과 서울 단국대학에서 수학하고 충남 주산농고와 서
울 명성여고등에서 교편을 잡으면서 일생을 시작에 전념하였다. 1959년
장시 「이야기하는 쟁기꾼의 대지」로 조선일보 신춘문예에 입선한 그는
시집 「아사녀」와 서사시 「금강」을 비롯해 수많은 역작을 발표 함으로써
우리 시단의 주목과 기대를 한몸에 받았으나 신병으로 인하여 1969년 4
월 7일 서른 아홉의 푸른 나이로 이승을 떠나고 말았다. 그의 시와 인
간을 사랑하던 문단・동문・동향의 친지와 그의 훈도를 받던 제자들이
1주기에 추모의 정을 금할 바 없어 돌 하나를 다듬어 그의 시 한 편을
새겨 그가 나서 자란 이 백마강 기슭에 세운다.

　　　　　　　　　　　　　　　　　　　　　　1970년 4월 7일

申東曄詩碑建立委員會

委員長　具　常

위 시비 제막식 팜플렛 표지
아래 시비 제막식 팜플렛

좋은 언어로　　　　　　　　　　　　　　　　신 동엽 평전

申東曄의 詩精神

悲劇의 地平

朴 斗 鎭

詩集「阿斯女」를 中心으로 한 申東曄의 詩世界는 熾烈한 그의 悲劇精神과 狀況的인 表現의 葛藤으로 一貫되어 있다.

韓國의 現代詩를 一貫해 온 閉鎖的이며 超時代狀況的인 純粹美의 어쩔 수 없는 追求를 일삼아 온 지금까지의 詩史的 過程에서 볼 때, 이러한 申東曄의 詩的 作業은 必然的으로 그 自体의 詩的 難関과 冒險을 감당해야 했었다.

民族이 겪어 온 歷史的인 悲劇性을 詩로 主題化할 경우, 어떤 体系化된 歷史意識이나 觀念의 適用, 具象化를 이루어지기보다는 보다더 直観的이고 感情的인 테두리에서 苦悶한 痕迹이 이를 말해주고 있다. 時代観念이나 歷史意識이 하나의 思想으로까지 昇華되기보다는 超時代 超時間的인 自然이나 大地 山川 黃土 죽어간 白骨 무더기나 진달래꽃 아니면 보리밭과 농사군으로 形象化되었을 뿐이다.

그 大地가 물론 世界와 地球 아시아나 祖國의 山土로 뻗혀지고는 있지만, 그것이 하나의 산 歷史로 象徵됐을 경우 人間이기보다는 民族, 民族이기보다는 눌리워 고생하다 속절없이 죽어 간 이름 없는 젊은 피로 나타내져 있다.

그가 즐겨 쓰는 밤의 이미지와 밤을 통한 巡禮는 우리 詩가 遺産으로 定立하지 못한 歷史意識과 歷史的인 狀況의 詩精神의 導入에 이르지 못했던 詩史의 現實의 어쩔 수 없는 制約 때문인 것으로 보아진다. 그러나 그만큼 申東曄은 民族이 處한 狀況意識과 詩的 現實의 表現的인 葛藤에서 熾烈하면서 깊은 試練을 体驗한 詩人이며 大端히 幅 넓고 特有한 몸부림으로 一但의 成功을 거두었다.

끝없이 追求하던 悲劇의 地平을 뜨거운 感慨로 혼자서 걸어가던 그의 발자취가 우리가 開拓해야 할 必然的인 詩的 過程 위에 매우 鮮明하고도 强烈한 印象으로 남게되는 理由가 여기에 있을 것이다.

── 詩 人 ──

시비 제막식 팜플렛에 실린 박두진의 글

시비 제막식에 참석하여 축사를 하는 소설가 김동리

좋은 언어로 신 동 엽 평 전

「阿斯女」「錦江」의 詩人 故申東曄詩碑除幕

'그는 綠豆 將軍'

追慕詩서 '全琫準같은
詩碑는 白馬江 흐름을 굽어 보며
「山에 언덕에」란 詩를 새겨 놓고
體格에 民族노래해서」라고

除幕式선 날씨도 흐려…
39歲푸른나이 追慕하는듯

1970年 4月 26日

【주간한국·申東曄기자】

週刊韓今 ―(14)―

1970년 4월 26일 『주간한국』 시비 제막식 관련 기사

215

山에 언덕에

그리운 그의 얼굴
다시 찾을 수 없어도
화사한 그의 꽃
산에 언덕에 피어 날지어이

그리운 그의 노래
다시 들을 수 없어도
맑은 그 숨결
들에 숲 속에 살아 갈지어이

그리운 그의 모습
다시 찾을 수 없어도
울고 간 그의 영혼
들에 언덕에 피어 날지어이

우리 강토와 겨레의 쓰라린 역사와 욕된
현실 속에 겨레의 비원을 노래한 시인 신
동엽은 一九三〇년 八월 一八일 부여에서 났다
그는 전주사범
과 서울 단국대학에 다니고 충남 주산
농고 일생을 시작에 몸바치고 천명하였으며 一九
五九년 장시 「이야기하는 쟁기꾼의 대지」로 조
선일보 신춘문예에 입선한 시인으로서
九년 장시춘의 신병으로 一九
六년 서사시 「금강」을 비롯해 수많은 역작을
원와 서사시 「금강」을 비롯해 주옥과 一九
六년 발표함으로써 나의 한 시대를
한끝에 받았으나 나이 마흔의 푸른 나이로 가
九년 四월 七일 서거하니 그의 시와 인간을
낭을 떠나고 말았다 그의 시와 그의 정령을
향한 친지와 그의 시의 한 편
를 발던째 자들이 일꾼들과 그의 혼
할 바 없어 나를 다듬어 그의 시 한 편을
새겨 그 가나서자 라이 백마강 기슭에 세울
나 一九七〇년 四월 七일

위 시비 앞면에 새겨진 신동엽의 시 「산에 언덕에」
아래 구상 시인이 쓴 건립문. 시비 뒷면에 새겨져 있다.

시비 건립에 참여한 사람들
왼쪽부터 유옥준, 조선용, 노문, 장호, 구상회, 정건모

엽 시인의 일대기를 전하고 있다.

우리 강토와 겨레의 쓰라린 역사와 욕된 현실 속에 민족의 기원을 노래한 시인 신동엽은 1930년 8월 18일 부여 고을 동남마을에서 태어났다. 그는 전주사범과 서울 단국대학에서 수학하고 충남 주산농고와 서울 명성여고 등에서 교편을 잡으면서 일생을 시작에 전념하였다. 1959년 장시 「이야기하는 쟁기꾼의 대지」로 조선일보 신춘문예에 입선한 그는 시집 『아사녀』와 서사시 『금강』을 비롯해 수많은 역작을 발표함으로써 우리 시단의 주목과 기대를 한몸에 받았으나 신병으로 인하여 1969년 4월 7일 서른아홉의 푸른 나이로 이승을 떠나고 말았다. 그의 시와 인간을 사랑하던 문단·동문·동향의 친지와 그의 훈도를 받던 제자들이 일주기에 추모의 정을 금할길 없어 돌하나를 다듬어 그의 시 한 편을 새겨 그가 나서 자란 이 백마강 기슭에 세운다.

1970년 4월 7일

— 시비문 전문

백제대교가 바라보이는 금강가 소나무가 덮인 백제 나성터에 그의 시비가 세워지던 날, 날씨는 춥고 비가 내렸다. 하늘은

위 2001년 전주교대 교정에 세워진 신동엽 시비
아래 지금도 많은 사람이 찾아와 신동엽을 기리고 있는 시비

위 1990년 단국대 서울 캠퍼스 교정에 세워진 신동엽 시비
아래 시비의 뒷면. 「껍데기는 가라」가 적혀 있다.

억장이 무너지는 슬픔과 함께 울었다. 그날 그곳에 모인 사람들은 흐르는 빗물 속에서 결심했을 것이다. 신동엽의 정신은 내일에 되살려야 한다고. 그런 다짐 때문일까. 신동엽의 문학정신은 날로 확대되며 계승되고 있다. 신동엽이 남긴 어린 3남매도 늘 다정다감하기만 하던 아버지가 얼마나 큰 존재인 줄 성장하며 어렴풋이 짐작하기 시작한다.

> 그때까지 학교 가정 환경 조사서 보호자 직업란에 '문필업'이라고 써가곤 하던 것만으로 난 아버지가 하시는 일에 무관심했고 무지했다. 돌아가신 후 신문에 아버지에 대한 기사가 취급되고 다음 해 봄 시비가 세워지면서 난 아버지가 하신 일의 중대성을 깨달아가기 시작했다.
>
> — 신정섭, 앞의 글, 223면

이후 신동엽의 시비는 이후 단국대(1990), 부여초등학교(1999), 전주교대(2001)에 연이어 세워진다. 현재 신동엽 시비는 4곳에 있다.

단국대의 신동엽 시비는 고 신동엽 24주기를 맞이하여, 1990년 4월, 시인을 흠모하는 단국대 교수, 재학생, 동문 그리

금강

신동엽

백제,
천오백 년, 별로
오랜 세월이
아니다.

우리 할아버지가,
그 할아버지를 생각하듯
몇 번만 가서
백제는
우리 엊그제, 그끄제에
있다.

진달래,
부소산 낙화암
이끼 묻은 바위서리 핀
진달래,
너의 얼굴에서
사랑을 읽었다.

—서사시「금강」, 제강역사

1999년 부여초등학교 교정에 세워진 신동엽 시비에서
설명하는 부인 인병선 여사

고 문단의 뜻을 모아, 단국대(서울시 용산구 한남동) 교정에 세워 졌다.

부여초등학교(충남 부여군)에서는 1999년 신동엽 30주기를 맞이하여 교정에 신동엽 시비를 세웠다. 높이 2미터 정도의 단아한 신동엽 시비에는 『금강』의 한 구절이 적혀 있다.

전주교대에서는 2001년 5월 15일에 시비 제막식을 가졌다. 사범과 3회 신동엽의 동기생들은 졸업 50주년 기념행사의 하나로 한국 시단을 빛낸 시인의 업적을 기리기 위해 신동엽 시인의 시비를 세웠다. 가로 2미터, 세로 2.3미터의 검은색 자연석으로 만들어진 이 시비에는 시인의 대표작으로 우리에게 익숙한 『금강』의 일부가 새겨져 있다.

1975년 6월 『신동엽 전집』 출판

1975년 6월에는 『신동엽 전집』(창작과비평사)이 나왔다. 이 책이 나오고 한 달 뒤 박정희 군사 정권은 긴급조치 9호 위반이라는 이유로 판매를 금지시켰다. 1979년에는 신동엽의 시가 일본어로 번역되어 일본 이화서방梨花書房에서 『脱ち殼は立ち去れ(껍데기는 가라)』(강순姜舜 역)라는 이름으로 출판되었다. 이어서 1988년에는 그의 미발표 산문집 『젊은 시인의 사랑』(실천문학사)이 출간

위 신동엽 시 연구서들. 신동엽 시 연구 논문은 지금까지 백여 편 이상이 나왔다.

아래 증보판 전집과 선집들

오른쪽 '창작과비평사'에서 나온 『신동엽 전집』 초판본과 일본에서 출판된 신동엽 시집

되었다. 이처럼 여러 작
업으로 신동엽 시인의
중요한 시와 산문들은
잘 정리되어 한눈에 그
의 시세계를 볼 수 있게
되었다. 신동엽은 식민

지의 배고픔과 참담한 6·25전쟁 속에서 살아남아 우리나라의
역사를 시의 언어로 형상화하였다. 그는 내용뿐 아니라 그 형식
에 있어서도 짧은 시, 긴 서사시, 극시(연극으로 쓰여진 시), 오페라
까지 만든 그야말로 '실험적인 예술가'였다.

1982년 '신동엽 창작 기금' 제정

1982년에는 신동엽 시인의 문학과 문학정신을 기리고 역량 있
는 문인을 지원하기 위해 유족과 창작과비평사가 공동으로 '신
동엽 창작 기금'을 제정한 이래로, 해마다 좋은 작품을 쓴 작가
에게 상을 주고 있다. 2004년 제22회부터는 '신동엽 창작상'으
로 명칭을 변경하였으며, 2012년 제30회부터는 '신동엽 문학
상'으로 개칭하였다. 이 문학상은 신동엽의 문학정신을 폐쇄적
인 마음이 아니라, 창조적으로 계승한 작가여야 한다는 것, 시

와 소설 어느 장르에도 구애받지 않는다는 심사 기준을 가지고 있다.

현재까지 이 상은 1982년 이문구 / 1983년 하종오, 송기원 / 1984년 김명수, 김종철 / 1985년 양성우, 김성동 / 1986년 이동순, 현기영 / 1987년 박태순, 김사인 / 1988년 윤정모 / 1990년 도종환 / 1991년 김남주, 방현석 / 1992년 곽재구, 김하기 / 1993년 고재종 / 1994년 박영근 / 1995년 공선옥 / 1996년 윤재철 / 1997년 유용주 / 1998년 이원규 / 1999년 박정요 / 2000년 전성태 / 2001년 김종광 / 2002년 최종천 / 2003년 천운영 / 2004년 손택수 / 2005년 박민규 / 2006년 박후기 / 2007년 박성우 / 2008년 오수연 / 2009년 김애란 / 2010년 안현미 / 2011년 송경동, 김미월 / 2012년 김중일, 황정은 / 2013년 박준, 조해진 / 2014년 김성규, 최진영 / 2015년 박소란, 김금희 / 2016년 안희연, 금희 / 2017년 임솔아, 김정아 / 2018년 김현, 김혜진 등 총 51명이 수상하였다.

34號　　【第3種郵便物認可】　　東亞

양성우 金聖東씨에「申東曄基金」
◇
朴龍來시인　5周忌　遺稿산문집
◇
「噴水」동인선　열두번째詩集펴내

故朴龍來시인

양성우씨

金聖東씨

○…故 申東曄시인의 문학
정신을 추모하기 위해 제정된
「申東曄창작기금」의
85년 수
혜대상자로 소설가 金聖東
씨와 시인 양성우씨가 18일 결
정됐다.

시집「껍데기는 가라」를 통
해 철저한 문학혼과 저항정
신을 강렬하게 부각시켰던
申東曄시인의 문학세계를 기
리기위해 유족과 創作과 批
評社가 공동으로 마련한 이
기금은 지금까지 李求河 鍾
五 宋基元 金明秀 金鍾澈
씨등이 지원을 받았다. 이기
금을 통해 등단「발상법」으로
시인 양성우씨는 「70년」詩人

금을 받는 문인은 2년내에
작품집을 출간해야돼.
이번에 기금을받는 金聖東
씨는 78년 「한국문학」을 통
해 등단, 장편소설「마다라」
리를 발표하여 문단의 주목을
받았으며 창작집「피안의 새」
「옴막살이집한채」등이 있다.

下여 臣下여」「겨울共和國」
「북친다 않은뱃이」「靑山이
소리쳐 부르거든」「落花」등
다수의 시집을 발표했다. 지
윈금은 각 2백만원씩이며
닳식은 12월 6일오후 5시
創 作과 批評社에서 있다.

1985년 11월 19일 신동엽 창작 기금 제4회 시상식 기사.『동아일보』

위 신동엽 창작기금 제1회 시상식 장면. 왼쪽부터 수상자 이문구, 인병선, 구중서, 이시영
아래 신동엽 창작기금을 수상하는 김남주 시인(1991년). 시상자는 김윤수 창작과비평사 사장

좋은 언어로   신동엽 평전

1985년 생가 복원

신동엽이 자라고 신혼생활을 한 생가는 부여 시내 복판인 동남리에 있다. 부여군민회관 뒤쪽 부여천주교회 옆에 자리한 이 집은 한때 남의 소유가 되었으나 부인 인병선 시인이 되사서 1985년 옛 구조 그대로 재건축하였다. 전의 집은 너무 낡아 도저히 유지할 수 없었기 때문이다. 예전에는 이 집을 방문하면 시인의 부친 신연순 옹이 모든 순례자를 반갑게 맞이하여 주었다. 집에 앉아 노옹으로부터 시인의 어린시절 등 일화를 듣는 것이 이 생가 방문의 또 하나의 감동이었다. 1990년 옹이 작고하고 별채에 사람을 두어 집을 관리하고부터는 그런 감동은 없어졌지만, 순례자들의 발길은 여전히 끊이지 않고 있다.

1993년 묘지 이장

신동엽 시인의 묘는 원래 경기도 파주군 월롱산 기슭에 있는 기독교인 묘지에 있었다. 그가 마흔도 안 된 나이에 갑작스레 요절한 탓에 경황 중에 서울에서 가까운 곳으로 정한 것이다. 그런데 주위가 자꾸 황폐해져 1993년 11월 부여군 부여읍 능산리 백제 왕릉 앞산으로 이장했다. 이렇게 해서 신동엽 시인은 작고한 지 24년 만에 고향의 향그런 흙가슴으로 돌아온다.

상량식 올린 후 찍은 사진. 왼쪽부터 인병선, 신연순, 구상회

위 재건축 당시의 생가
아래 신동엽 생가에서는 지금도 문학행사가 끊임없이 이어지고 있다.

이장하기 위해 신동엽의 유해를 운구하는 모습

좋은 언어로

신동엽 평전

위 이장 후 제를 지내는 가족
아래 **신동엽 시인의 묘비**

그에 앞서 1989년에는 신동엽의 시 「산에 언덕에」가 중학교 3
학년 국어교과서에 실린다. 그의 시를 읽지 못하게 한 정부도
그의 시가 지닌 아름다움을 인정할 수밖에 없었던 것이다.

1994년 가극 〈금강〉 공연

동학농민전쟁 100주년인 1994년 8월, 세종문화회관 대극장에
서 고^故 문익환 목사의 맏아들인 문호근의 연출로 가극 〈금강〉
이 초연된다. 이 공연은 서양의 오페라, 뮤지컬과 우리의 창극
을 접목하여 신동엽 시인의 서사시 『금강』을 음악극 형태로 승
화한 작품이다. 이 작품은 1994년 제1회 민족예술상을 수상하
는 등 대표적인 민족예술 작품으로 평가받고 있다. 이 작품은
또 2005년 6월 16일 6·15공동선언 5주년 기념행사의 하나로
평양 봉화극장에서 공연되어 2천여 명의 북한 주민들로부터
10여 분간 기립박수를 받았다.

서사시 '금강' 가극무대 오른다

연극·음악·미술·영화 등 각분야 민족예술인 대거참여

'민족가극' 개념 예술양식 정착 기대…신인배우도 모집

신동엽 시인의 대서사시 〈금강〉이 가극으로 무대에 오른다.

한국민족예술인총연합 산하 가극단 '금강'(단장 문호근)이 동학농민전쟁 1백돌을 기념해 8월14일부터 17일까지 세종문화회관 대강당에서 막을 올리게 될 〈금강〉은 '민족가극'의 한 전형을 제시해 줄 것으로 벌써부터 기대를 모으고 있다.

이 공연을 위해 창단된 가극단 '금강'에는 연출 문호근, 작곡 강준일·이건용·김철호·조남혁·이건희·이충재, 대본 문호근·김봉석·정용후·원창연씨 등 민족음악인들이 대거 참여하고 있다.

또, 지휘자 나영수, 성악가 박수길·김신자·정은숙, 국악인 김철호, 평론가 김춘미·박용구씨 등 중견 음악인들이 지도위원을 맡고 있다.

배우들의 연기지도는 텔레비전 프로그램 〈그것이 알고 싶다〉의 문성근씨와 영화 〈서편제〉의 김명곤씨가 맡는다.

'금강'에는 음악뿐 아니라 거의 모든 장르의 민족예술인들이 참여하고 있다. 민예총 이사장이자 문학평론가인 염무웅, 시인 신경림, 화가 강연균·김달성씨 등이 고문을 맡았고, 영화감독 정지영, 제9대 교수, 화가 신학철씨 등이 지도위원을 맡아 민족예술인들의 역량이 모두 한자리에 모인 셈이다.

가극단 '금강'은 이번 공연을 지금까지 민족음악진영에서 이론적 수

創批全作詩
금강
신동엽

신동엽 시인의 대서사시 〈금강〉. 왼쪽은 신동엽 시인

준에서만 논의돼왔던 '민족가극'이라는 개념을 실제적인 예술양식으로 정착시키는 계기로 삼을 참이다.

'금강'은 민족가극을 민족적 정서를 탁월하게 체현하고 전통을 현재에 맞게 계승하는, 민족적이고 대중적인 예술공연양식이라고 정의한다. '금강'은 또 이런 개념이 완결된 것이 아니라 구체적인 작업들을 통해 끊임없이 보완될 것이라고 밝히고 있다.

가극 〈금강〉은 신동엽 시인의 서사시에 등장하는 역사의 무대를 현재화시켜, 갑오년 당시의 서정과 혁명을 주축으로 하늬와 진아라는 두 인물을 비롯해 당시 민중들의 삶 속에 내재한 역사를 진실하게 담아낸다.

극단 '금강'은 극본과 작곡이 아직 완결된 것은 아니지만 기본 얼개는 이미 짜놓았으며 이제 이 역사적인 공연에 직접 참여할 배우들을 모집하고 있다.

가극배우와 제작(미술·음향·조명·의상), 조연출, 무대감독, 작곡 등 창작제작부문으로 나누어 모집한다.

창작제작부문은 서류전형과 면접으로 심사하게 되고 가극배우는 실기 오디션에 합격해야 한다.

배우는 성악전공자와 비전공자로 나눠 선발하게 되는데 성악전공자는 자유곡 1곡과 오페라 아리아 1곡씩, 비전공자는 한국가곡 1곡과 자유곡 1곡으로 오디션하게 된다.

춤·연기분야는 상황연기 3분, 자유곡 1곡으로 심사를 받는다.

오디션은 오는 6~7일 이틀간 치르고 원서접수는 그날까지 가능하다.

오디션에 합격하면 14일부터 주5일씩 6주간 실시되는 〈금강〉을 위한 음악학교를 수강하여야 한다. 문의 571-6167~9.

김정곤 기자

가극 〈금강〉 공연 보도 기사. 1994년 4월 『한겨레신문』 제1828호

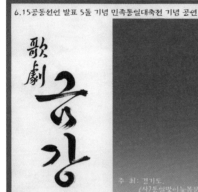

왼쪽 2005년 가극 〈금강〉 평양 공연 팜플렛
오른쪽 1994년 가극 〈금강〉 공연 팜플렛

평양 봉화극장 〈금강〉 공연

2003년 생가 기증

신동엽의 유족은 2003년 2월 19일 생가를 부여군에 기증했다. 기증한 후 부여군은 많은 예산을 확보하여 2005년 대지 613평, 건평 120평의 문학관 건립을 추진했다. 생가 방문 옆에는 「껍데기는 가라」의 육필 원고를 진흙으로 떠서 만든 부조가 있고, 방문 위에는 부인 인병선 시인이 쓴 「생가」라는 시가 신영복 선생의 글씨로 목판에 새겨져 걸려 있다.

> 우리의 만남을
>
> 헛되이
>
> 흘려버리고 싶지 않다
>
> 있었던 일을
>
> 늘 있는 일로 하고 싶은 마음이
>
> 당신과 내가 처음 맺어진
>
> 이 자리를 새삼 꾸미는 뜻이라
>
> 우리는 살고 가는 것이 아니라
>
> 언제까지나
>
> 살며 있는 것이다.
>
> —인병선, 「生家」 전문

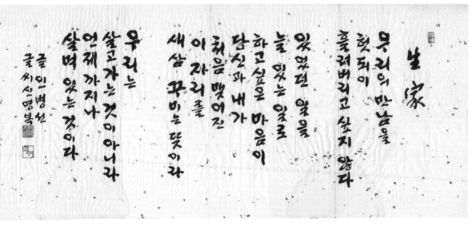

생가
우리의 만남을
헛되이
흘려버리고 싶지 않다

잊었던 일들을
늘 있는 일로
하고싶은 마음이
당신과 내가
죄음 맺어진
이 자리를
새삼 꾸미는 뜻이라

우리는
살고가는 것이 아니라
언제까지나
살며 있는 것이다

글 인병선.
글씨·선명복선

위 재건축한 현재의 생가
아래 생가에 걸린 인병선의 시 원본

2003년 은관문화훈장 서훈

신동엽 시인이 2003년에 대한민국 은관문화훈장 서훈 대상자로 선정되어, 10월 20일 문화의 날을 맞아 대구 문화예술회관에서 부인 인병선이 대리로 수상했다. 문화훈장은 상훈법賞勳法 제17조에 규정된 훈장의 하나로 문화예술발전에 공을 세워 국민문화 향상과 국가 발전에 공적이 뚜렷한 사람에게 수여하는 것이다. 이로써 신동엽은 한국 현대사에 빼놓을 수 없는 인물로 정부의 인정을 받았다.

2005년 '4월의 문화인물, 신동엽'

2005년 4월 신동엽은 대한민국 문화관광부가 제정한 4월의 문화인물로 선정되었다. 그를 위한 기념사업으로 부여에서 '신동엽 추모제'(4월 9일), '신동엽 문학의 밤'(4월 9일), '신동엽 시극 공연'(4월 9일) 등의 행사가 열렸다.

이때 시극 〈그 입술의 패인 그늘〉이 김석만의 연출로 공연되었다. 또 '신동엽 문학기행'(4월 10일)과 '신동엽 백일장'(4월 15일) 등 의미 깊은 행사가 다양하게 열렸다.

좋은 언어로   신동엽 평전

위 이창동 문화관광부장관으로부터 훈장증과 훈장을 대신 받는 인병선
아래 2003년 정부로부터 받은 은관문화훈장과 훈장증

왼쪽 '이달의 문화인물' 포스터
오른쪽 부여에서 열린 '4월의 문화인물' 기념행사 팜플렛

242

좋은 언어로

신동엽 평전

'신동엽 문학관' 건립 추진

2005년 11월 부여군은 신동엽 문학관 건립을 추진했다. 문학
관이 건립되어 그의 모든 자료가 전시되었고, 그의 문학정신을
다시 되새기는 자리가 되었다.

신동엽의 고향 집 담장 밑에는 대리석으로 된 작은 비석이
있다. 그 비석에는 이렇게 쓰여 있다.

> 이 집은 신동엽 시인이 소년 시절과 청년 시절을 보낸 집으로서
> 그의 문학정신의 요람입니다. 신동엽 시인의 시 「껍데기는 가라」,
> 장편 서사시 『금강』에 도도히 흐르는 민족애의 시혼을 우러르며, 우
> 리 문학사의 뜻깊은 유적이 되는 이 집을 길이 보존하기로 합니다.

신동엽이 태어나고 살았던 초가집. 벽이며 천장이며 부뚜막
까지 온통 벌건 황토로 발라서 지은 낡은 초가집……. 이 집은
신동엽이 그토록 사랑한 향그런 흙으로 지은 집이다. 그는 죽음
으로써 그가 가꾸어 온 향그런 흙가슴의 세계를 완성해 놓았다.

그와 더불어 전후 최고의 시인이라 일컫는 시인 김수영은 신
동엽에게 "소월의 정조와 육사의 절규가 함께 있다"는 최고의
찬사를 남겼다. 그렇게 신동엽을 아끼고 칭찬해 마지않던 김수

영은 신동엽이 죽기 바로 한 해 전 교통사고로 세상을 떠났다. 그때 신동엽은 김수영을 융숭한 조사로 배웅한다.

한반도는 오직 한 사람밖에 없는, 어두운 시대의 위대한 증인을 잃었다. 그의 죽음은 민족의 손실, 이 손실은 서양의 어느 일개 대통령 입후보자의 죽음보다 앞서 오천만 배는 더 가슴 아픈 손실로 기록되어야 할 것이다. 위대한 민족 시인의 영광이 그의 무덤 위에 빛날 날이 머지 않았음을 민족의 알맹이들은 다 알고 있다.

신동엽이 김수영에게 한 이 조사를 이제 우리가 신동엽에게 돌려준다. 우리말의 아름다움을 마음껏 구사한 언어의 마술사. 서사시『금강』을 비롯한 그의 시들은 조국의 하늘에 드리운 먹구름, 곧 가난과 외세, 분단 그리고 부패한 권력 따위를 걷어치우고자 하는 큰 마음의 표현이었다.

신동엽의 시는 온통 향그런 흙가슴으로 지어져 있다. 껍데기와 싸워 나가는 정직한 사람들의 마음속에서 신동엽의 노래는 다시 살아나고 있다. 그는 떠난 것이 아니라, 우리들의 영혼 속에서 이렇게 다시 살고 있다. 신동엽은 과거의 시인이 아니며, 1960년대의 시인이 아니다. 그는 미래의 시인이다. 그는 지금도 우리에게 큰 울림으로 권한다.

> 닦아라. 사람들아
> 네 마음 속 구름
> 찢어라, 사람들아,
> 네 머리 덮은 쇠항아리
>
> — 신동엽, 「누가 하늘을 보았다 하는가」 부분

그는 우리에게 끊임없는 비판적 사유를 요구한다. 우리 마음 속에 어두운 구름을 "닦아라"라고 요구한다. 우리가 가진 무거운 고정관념의 쇠항아리를 "찢어라"라고 권한다. 그리하여 우리가 새로운 눈으로 내일을 볼 것을 신동엽은 요구하고 있다.

그가 노래한 "향그러운 흙가슴만 남고"의 의미는 과거에 헛된 감상感想이 아니라, 미래로 향하는 위대한 전언前言이다. 그의 시는 과거의 읽을거리가 아니라, 내일을 위한 잠언록이다. 내일을 위해 그의 시를 읽을 때, 그의 정신은 우리 가슴에 향그러운 흙가슴을 펼쳐 놓을 것이다.

위 신동엽 문학관 전경
아래 신동엽 문학관 입구

위 시의 깃발, 임옥상 작
아래 신동엽 문학관 내부

명성여고 시절 교무수첩(1966·1967년)
여기에는 수업시간표, 학생지도 관련 메모들이 적혀 있다.

위 지갑과 개인수첩. 수첩에는 펜클럽에 관한 메모가 있고, 뒤에는 백철, 홍윤숙, 하근찬, 박용구, 신동한 등
당시 교류하던 지인들의 전화번호가 적혀 있다.
아래 신동엽의 개인 도장

유품 의류

좋은 언어로   신동엽 평전

등산 배지, 신동엽이 애용한 상아 파이프
시집 『아사녀』 출판기념회 때 사용한 도장, 시집 『아사녀』 표지 활판

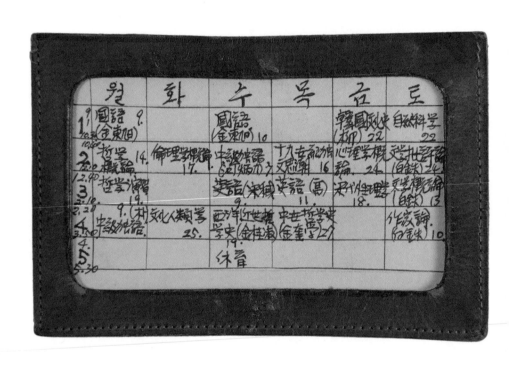

건국대 대학원 시절 시간표. 신동엽은 건국대 대학원을 수료했다.

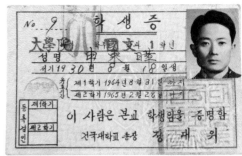

각종 증명서. 명성여고 강사증, 건국대 대학원 학생증, 명성여고 1965년 교사증, 명성여고 1966년 교사증, 문인협회 회원증, 주민등록증

에필로그

신동엽과 그의 가족

신동엽의 부인 인병선은 신동엽 시인과 사별한 뒤 출판사 일과 번역 일을 하는 등 어려운 살림을 일으켰다. 그녀는 시를 발표하여 시집 『들풀이 되어라』(풀빛, 1989)를 내기도 했다. 그녀는 시집을 내고 나서 "내 자신 시라는 것을 쓰기 시작하면서 비로소 그의 모습이 점점 확실해지는 것을 느꼈다. 이제야 그의 반려자로 서는 것 같다"(조선희, 「이제야 반려자로 서는 것 같다 - 신동엽 유고집 펴낸 미망인 인병선 씨」, 『한겨레』, 1988.12.29)고 회고했다. 이후 그녀는 오래전부터 품어 온 우리 전통문화에 대한 관심을 1980년대부터 본격적으로 쏟기 시작하여 1993년에 '짚풀생활사박물관'을 세운다. 현재 짚풀생활사박물관 관장과 문화재청 문화재전문위원, 사단법인 한국박물관협회 회장으로 다양한 활동을 하고 있다. 저술활동도 활발히 하여 위의 시집 외에 산문집 『벼랑 끝에 하늘』(창비, 1991), 『우리가 정말 알아야 할 우리 짚풀문화』, 『풀코스 짚문화 여행』, 『종이오리기』(이상 현암사) 등을 냈다.

1957년 신동엽과 인병선이 결혼한 그해에 태어난 맏딸 신정섭申貞燮은 서울대 미대와 독일 카셀대을 졸업하고 화가로 활동하다가 현재는 캐나다에 산다. 신동엽 시인을 기리며 출판한 『신동엽 그의 삶과 문학』의 표지에 있는 신동엽 얼굴과 인병선

신동엽의 세 자녀. 왼쪽부터 신좌섭, 신정섭, 신우섭

신동엽의 가족 사진
앞에서부터 신좌섭, 신정섭, 신우섭, 인병선

서울 성북구 동선동 5가 45번지 집 앞에 선 외할머니 노미석과 신정섭, 신좌섭
이 한옥에서 신동엽은 운명할 때까지 살았다.

산문집 『벼랑 끝에 하늘』의 표지와 삽화는 맏딸 신정섭이 그린 그림이다.

1959년에 태어난 큰아들 신좌섭申佐燮은 서울대 의대를 다니다가 "기름기 빠진 꺼칠한 얼굴과 자동선반에 찢기고 절삭유에 찌든"(신좌섭, 「아버님과 나」, 서울대 의과대학 학생회, 『사랑방』 제78호, 1997.10.17) 노동운동에 참여하다가, 1988년에 『안전하고 건강한 노동을 위하여』라는 책을 펴냈다. 다시 복학하여 30대 중반에 졸업했고, 현재 서울대 의과대 교수로 재직중이다.

1962년에 태어난 둘째 아들 신우섭申祐燮은 광운대 전자공학과를 졸업하고, 컴퓨터 관련 사업을 하고 있다. 그는 신동엽 시인과 가장 많이 닮았다는 말을 듣는다.

신동엽 시인의 가족을 생각하면, 고진감래苦盡甘來라는 단어가 떠오르곤 한다. 고생 끝에 낙이 온다는 말처럼, 짐승처럼 야만스럽던 한국 현대사의 격랑을 일엽편주一葉片舟로 헤쳐온 이 가족은 이제야 평안하고 아름다운 풍경으로 조용히 살아가고 있다.

자료집이 나오기까지

1988년 4월 저자가 신동엽 시인의 부여 생가를 처음 찾았을 때, 부친 신연순 옹은 신동엽 시인이 쓴 편지와 글을 몇 편 보

부친 신연순 옹과 큰아들 신좌섭

여 주셨다. 저자는 그날 밤 생가에서 멀지 않은, 어린 신동엽이 놀러 갔을 법한, 저수지에서 밤을 꼬박 새우고 부여 이발소에서 머리를 깎고 군에 입대했다. 이후 『민족시인 신동엽』(사계절, 1994)을 집필하기 위해, 1992년 부인 인병선 여사를 찾아갔을 때 집에서 신동엽 시인의 앨범과 그 분이 즐겨 읽던 시집들을 본 것이 신동엽 시인에 관해 본 원본 자료의 전부였다. 그 후에도 저자는 여러 번 부여 생가를 찾아갔고, 2003년에는 와세다대 학생들을 인솔하여 가서 신동엽 시인의 시세계를 설명하기도 했다.

2005년 9월 여름, 『민족시인 신동엽』을 10년 만에 거의 새로 쓰다시피 하여 새로 나온 개정판을 들고 인병선 여사를 찾아갔다. 바로 그날, 저자는 한 시인의 연구자로서 가장 행복한 체험을 했다. 그를 흠모하였기에, 그래서 답답할 정도로 오랜 시간 곰삭여 연구해 온 저자에게 여사가 신동엽 시인의 유고 자료를 모두 보여 주신 것이다. 모든 자료는 여러 박스에 분류되어 담겨 있었다. 여사는 오랫동안 보관해 온 자료들을 이제 사진 자료집 형식으로 공개하고 싶다고 하셨다. 며칠 뒤 반나절 동안 자료를 검토해 보았다. 1980년 처음 『신동엽 전집』을 읽었을 때의 울림과 비교할 때, 25년 뒤 그의 원본 자료를 읽은 충격은 가히 영혼의 지진으로 표현할 만했다.

2005년 11월 첫 주 일주일간 신동엽 시인의 자료를 집중적으로 검토했다. 오래 묵어 빛바랜 원고가 부서질까 긴장하면서, 꼼꼼히 자료를 검토해보려 했으나 워낙 방대한 기록들이라 버겁기만 했다. 특히 신동엽과 인병선, 두 연인이 교환한 1950년대의 편지를 읽으면서 저자는 그대로 밤을 꼬박 새울 수밖에 없었다.

사실 한국문학사에서 작가의 가족이 작가의 사후에 자료를 귀중히 보관해 온 예는 그리 많지 않다. 작가의 가족이 유고나 자료를 잘 보관하여 공개한 예는 『윤동주 자필 시고전집』(왕신영·심원섭·오무라 마스오·윤인석 편, 민음사, 1999)이나 『파인 김동환 탄생 100주년 기념 – 작고문인 48인의 육필 서한집』(김영식 편, 민연, 2001), 『박용철 전집』(박용철, 깊은샘, 2004) 정도가 있을 뿐이다. 신동엽 시인의 사진 자료집은 연구사적으로도 중요한 가치가 있고, 한국문단에 귀감이 되는 결실이기에 여기에 그 과정을 짧게 기록한다. 신동엽 시인에 관한 자료는 세 단계에 걸쳐 보관되어 왔다.

첫째, 어린 시절 자료는 부친 신연순 옹께서 노력한 결실이다. 소학교 모든 학년의 성적표와 부모에게 보내는 통신문, 학교 입시 공문까지 남아 있는 것은 부친 신연순 옹의 꼼꼼한 성격 덕이다. 1980년대까지 사법서사(법무사) 일을 해왔던 신연순 옹은 글씨를 잘 썼고 기억력이 비상했다. 저자는 1988년에 90세를 넘긴 신연순 옹을 부여 신동엽 생가에서 만났다. 그날 밤 그는 서너 시간을 쉬지 않고 끊임없이 아들에 대한 정보를 풀어놓았는데, 역사적 사실이나 내용을 정확하게 기억하고 있어서 놀라웠다.

둘째, 신동엽 시인 자신이 꼼꼼하게 모아온 자료들이다. 신동엽 시인의 노트를 보면 그가 얼마나 치밀하게 자료를 모아왔는지 볼 수 있다. 그는 창작 노트와 습작 노트, 원고, 발표 원문까지 모두 보관해 두고 있었다. 창작 노트 → 습작 노트 → 집필 원고 → 발표된 원문을 비교 연구하면, 시작詩作의 뼈를 깎는 산고産苦 과정을 명료하게 볼 수 있다. 미공개된 방송극과 시극 원고도 그대로 보관되어 있다. 게다가 발표 후에 신동엽은 그 반응에 대한 신문 스크랩 등도 보관해 두었다. 뿐만 아니라 서사시 『금강』의 창작 노트와 원고 원본이 남아 있어 이후 전문적인 원본 연구가 기대된다.

셋째, 이 자료집이 나올 수 있었던 가장 절대적인 공헌자는 인병선 여사다. 인병선 여사는 사회주의자였던 아버지가 자신이 15세 소녀였을 때 월북하고, 이후 병든 시인과 온갖 어려움을 겪으며 살림을 꾸렸지만, 결혼한 지 12년 만에 남편과 사별하는 아픔을 겪었다. 이후 딸 하나와 아들 둘을 온갖 허드렛일을 하며 키웠다. 더욱이 그녀는 큰아들이 대학 시절 노동운동에 참여하여 고초를 겪는 등 이 땅의 현대사가 훑고 지나간 고된 태풍을 신기할 정도로 빠짐없이 겪었다. 그러한 상황에서 이렇게 자료를 보존해 왔다는 것은 경이롭다는 말 외에 달리형용할 길이 없다. 인병선 여사는 신문·잡지 기사를 모두 스크랩해 놓았고, 사진은 모두 슬라이드로 만들어 놓았다. 원고 원본은 비닐 파일에 넣어 테이프로 봉해 박스에 분류해 놓고서, 자신의 연구실 바로 옆방에 귀하게 정리하여 보관해 왔던 것이다. 평생에 걸친 하나의 작업이었다. 그러면서 신동엽 문학상을 제정했고, 신동엽 생가를 부여군에 기증했고, 이번 자료집 나아가 신동엽 문학관까지 기획·추진했다.

인병선 여사는 이 자료들이 개인소장을 넘어 겨레문화의 재산으로서 후대에 전승되어야 할 문헌 자료임을 정확히 알고 있었다. 산성 지질인 1차 자료들은 60여 년이 지난 것도 있다. 따라서 시간이 지날수록 훼손되거나 멸실되거나, 천재지변 혹은 각종 위험 부담을 생각하지 않을 수 없는 것이다. 이토록 소중한,

어찌 보면 개인적으로 감추고 싶은 자료를 우리 겨레문화를 위해 공개하는 인병선 여사에게 감사와 존경의 마음을 전한다.

이 글을 읽는 독자에게 저자는 세 가지를 눈여겨 보기를 권하고 싶다. 첫째는 신동엽의 현실참여적인 인식이 4·19 이후에 구체화된 것이 아니라, 어린 시절부터 한국전쟁을 겪으면서 구체화되어가는 과정을 보시기 바란다. 둘째, 그의 시는 배타적 민족주의가 아니라, 모든 나라가 평등하게 살아가는 새로운 민족주의를 담고 있다는 것을 확인하시기 바란다. 시인이 '껍데기는 가라'고 외친 이유는 '향그러운 흙가슴'이 너무도 귀중했기 때문이라는 사실을 저자는 강조하고 싶다. 셋째로, 신동엽은 과거의 시인이 아니라, 인간의 본질을 탐구하는 동시에 예언자적 지성을 펼쳐보인 '미래의 시인'이라는 사실을 생각해 보시기 바란다. 흔히 사람들은 모든 죽은 자를 과거 속으로 묻어 버린다. 저자는 신동엽을 미래 앞에 살리고 싶었다. 이 글에 모든 것을 담아낼 수는 없었으나, 이후 더 깊게 연구하려 한다. 많은 꾸지람과 가르침을 바란다.

이제 이렇게 귀한 1차 자료를 공개한 유족의 바람대로 신동엽 시인과 그의 시세계를 심층 분석하는 깊은 연구가 뒤따르기를 바란다. 아직도 너무 많은 신동엽의 1차 자료가 박스 안에서

빛을 기다리고 있다. 빠른 시간 내에 사진판 자필 전집이 출판
되어 신동엽 시에 대한 서지학적 연구가 뒤따르기를 기대한다.
신동엽의 정신을 계승하고 넘어서는 위대한 시인이 정금正金처
럼 단련되어 탄생하기를 고대한다.

2005년 11월

와세다대학 연구실에서 김응교

때는 와요

다시 쓰는 후기

부여 신동엽 문학관에서 이 글을 씁니다.

심야에 도착해서 신동엽 문학관 앞 숙소 창문을 여니 아직 차가운 공기가 밀려 옵니다. 부여에 오면 가슴을 채웠던 특유의 풀내음이나 거름내는 이제 저 멀리 있습니다.

2005년에 냈던 『시인 신동엽』이 아쉽게도 절판되어, 이 책을 다시 보고 싶다는 분들이 적지 않았습니다. 이 책이 중요한 이유는 인병선 여사님이 직접 고증해주신 책이기 때문입니다. 모자란 서생이 낸 『민족시인 신동엽』(사계절)과 『시인 신동엽』(현암사) 두 권은 모두 초고 상태에서 여사께서 읽고 붉은 펜으로 틀린 부분을 지적해 주셨습니다. 이번 책은 오랫동안 생가를 지켜온 부여문화원 김인권 선생님께서 초판에서 틀린 여러 곳을 고쳐 주셨습니다.

다시 내는 책 제목을 '좋은 언어로'라고 지었습니다. 그의 시 「좋은 언어」에 나오는 구절입니다.

외치지 마세요.

바람만 재티처럼 날려가 버려요.

조용히

될수록 당신의 자리를

아래로 낮추세요.

그리구 기다려 보세요.

모여들 와도

하거든 바닥에서부터

가슴으로 머리로

속속들이 구비돌아 적셔 보세요.

하잘 것 없는 일로 지난 날

언어들을 고되게

부려만 먹었군요.

때는 와요.

우리들이 조용히 눈으로만

이야기할 때

허지만
그때까진
좋은 언어로 이 세상을
채워야 해요.

— 유작시, 『사상계』, 1970.4

외칠 필요 없다고 합니다. 쓸데없는 욕설들은 재티 같은 바람일 뿐입니다. 기다려 보라고 권합니다. 진정한 변화와 혁명은 하늘에서 갑자기 오는 것이 아닙니다. "당신의 자리를 낮추"면 "바닥에서부터" 진정한 때는 다가온다고 합니다. "하잘 것 없는" 껍데기 욕설들과 싸우며 "언어들을 고되게" 부려만 먹었던 세월이 지나고 때가 오면, 조용히 눈으로만 얘기해도 된다고 합니다.

1970년 4월 발표된 유작으로 표기되어 있지만, 시작 노트를 보면 말미에 창작연도가 1960년으로 쓰여 있습니다. 가장 격변기에 많은 사람들이 흥분해 있을 때 조용히 그 때를 기다리라며 간절히 권하고 있습니다. 좋은 언어는 그저 얻어 맞아도 아무말 안 하는 어리숙한 언어일까요. 신동엽은 이 시를 쓴 같은 시기에 발표한 산문에서 좋은 언어의 모습을 보입니다.

> 지금은 싸우는 시대다. 언어가 민족의 꽃이며 그 민족의 공동체
> 적 상황을 역사 감각으로 감수 받은 언어가 즉 시라고 할 때, 오늘
> 처럼 조국과 민족이 그리고 인간이 굶주리고 학대받고 외침되어
> 울부짖고 있을 때, 어떻게 해서 찡그림 속의 살 아픈 언어가 아니
> 나올 수 있을 것인가 (…중략…) 민중 속에서 흙탕물을 마시고, 민
> 중 속에서 서러움을 숨쉬고 민중 속에서 민중의 정열과 지성을 직
> 조(織造) 구제할 수 있는 민족의 예언자, 백성의 시인이 정치 부로
> 커, 경제 농간자, 부패문화 배설자들에 대신하여 조국 심성(心性)의
> 본질적 전열(戰列)에 나서 차근차근 발언을 해야 할 시기가 이미 오
> 래 전에 우리 앞에 익어 있었던 것이다.
>
> ─「60년대의 시단 분포도」, 『조선일보』, 1961.3.30~31

우리는 지금도 싸워야 하는 시대에 살고 있습니다. 싸움의
시대에 시인이 해야 할 일은 "살 아픈 언어"를 쓰는 겁니다. 찡
그림 속에 "살 아픈 언어"야말로 "좋은 언어"의 다른 이름일지
도 모르겠습니다. 그러려면 "민중 속에서 흙탕물을 마시고, 민
중 속에서 서러움을 숨쉬고 민중 속에서 민중의 정열과 지성을

직조 구제할 수 있"어야 한다고 시인은 썼습니다. 그래서 그는 "바닥에서부터 / 가슴으로 머리로 / 속속들이 굽이돌아" 시를 "좋은 언어로" 써야 한다고 말합니다.

이 책을 2019년에 다시 내기까지 14년 사이에 많은 변화가 있었습니다. 유족 대표 인병선 여사님에 이어 큰아들 신좌섭 교수님의 헌신은 말로 표현하기 쉽지 않습니다. 싸움의 시대 속에서 신동엽을 사랑하는 이들은 꾸준히 모임을 이어 왔습니다.

2009년 10월 23일에 신동엽 학회 첫 학술대회를 열었습니다. 강형철, 이은봉, 정우영 선생님이 학회장을 맡아 이끌어 주셨습니다. 최종천, 맹문재, 고명철, 이대성, 김진희, 조길성, 박은미, 김지윤 선생님 등 많은 분들이 학회에 참여하여 의미있는 일을 해 왔습니다.

2013년 사단법인 신동엽기념사업회를 설립하여 현재 강형철 회장을 중심으로 무거운 일들을 즐겁게 잘 진행하고 있습니다. 그해부터 부여군에서 위탁을 받아 신동엽 문학관을 관리하고 모든 신동엽 기념 사업을 관장하고 있습니다. 박상률, 김대열, 박수연, 함순례, 이지호, 안현미, 이영산, 전성태, 김성규 등 여러 선생님들이 수고해 주셨습니다.

2013년 부여에 신동엽 문학관을 세웠습니다. 문학관을 세우기 전에 김대열 선생님 등 부여의 선생님들이 생가를 지켰지요. 이만치 생애가 잘 정리되어 있는 문학관이 어디 있을까 싶습니다. 문학관 내부 셋팅을 제가 맡기로 하고, 전시할 물품을 선정하고 해설을 썼습니다. 전시물을 하나하나 세워보기도 하고, 수장고에서 오래된 책을 넘기다가 목에 책먼지가 들어가 한 달 이상 약을 먹기도 했습니다.

첫 부임자로 온힘을 다해 초기에 문학관을 준비했던 문학평론가 김윤태 선생님을 잊을 수 없습니다. 2012년 겨울날 김윤태 선생님과 트럭에 모든 유물을 싣고 부여로 왔던 겨울날이 떠오릅니다. 이후 두 번째 사무국장으로 놀라운 상상력으로 신동엽 문학관을 이끌고 있는 시인 김형수 선생님의 이름을 모십니다. 보이지 않는 이 어려운 과정과 함께해 온 박성모 대표님의 소명출판에서 이 책을 다시 내 기쁩니다. 모든 과정을 함께해 주신 공홍 편집장님과 편집 담당 윤소연 님께 감사드립니다.

다시 시 「좋은 언어」로 돌아갑니다. "우리들이 조용히 눈으로만/이야기할 때"까지 당신과 나는 "좋은 언어로 이 세상을 / 채워야 해요"라고 시인은 썼습니다. 때가 오면, 얕은 꼼수들을 가엽게 내려보며 조용히 눈으로만 이야기하자고 합니다. "서로 사랑하고 있을 때는 말을 안 해도 서로를 이해할 수 있었어요"(까뮈, 『페스트』)라는 말과 같습니다. 그때까지는 "좋은 언어로 이 세상을" 채우기만 하자고 합니다.

"때는 와요"라고 그가 썼는데, 정말 때가 다가오는 듯합니다.

무수한 촛불들의 작은 힘을 모으고 모아 민주주의를 되찾고, 이제 분단을 허물어버릴 때가 다가옵니다.

이 땅에 축적된 눈물과 설움을 딛고 모든 생태계가 다시 살아오는 때가 다가오기를 기원합니다. 지금 신동엽이 꿈꾸었던 때가 다가오는 시기가 아닐까요. 그 때가 오기까지 많은 곡절과 시련이 우리를 언 땅을 뚫고 나오는 민들레 새싹처럼 단련시킬 것입니다.

그 때가 꼭 이루어지기를 바라는 지금, 신동엽 생가 지붕 위로 눈 아린 새벽햇살이 여리게 퍼지고 있습니다.

2019년 3월 9일
부여 신동엽 생가에서

신동엽 시인의 생애와 그 후, 1930~2016

1930년	8월 4일, 충청남도 부여군 부여읍 동남리 249번지 초가에서 신연순의 장남으로 태어나 식민지 농촌생활을 체험하며 자란다.
1938년 8세	부여 공립 진죠[尋常]소학교에 입학한다.
1942년 12세	'내지 성지 참배단'으로 뽑혀 학생 5백여 명과 함께 보름 동안 일본을 다녀온다.
1944년 14세	부여국민학교를 졸업한다.
1945년 15세	1945년 3월에 전주사범학교의 까다로운 입학 시험에 합격한 동엽은 4월부터 이 학교에서 공부한다. 그러나 일본의 전쟁 승리를 위한 근로 봉사에 강제로 동원되는 바람에 제대로 공부하지 못한다. 낮에는 일하고, 밤에는 기숙사에서 배고픔과 추위에 시달리면서도 틈틈이 많은 책을 읽는다.
1948년 18세	사범학교 4학년 때, 시대의 문제점을 지적하는 동맹 휴학에 가담하여 퇴학을 당한다. 귀향하여 부여에 머물며 가까운 초등학교 교사로 일하기도 하나, 부임 사흘 만에 그만둔다.

1949년 19세	7월 23일 공주사범대 국문과에 합격하지만 다니지는 않는다. 9월 단국대 사학과에 입학한다.
1950년 20세	한국전쟁이 일어나고, 7월 초부터 9월 말까지 인민군 치하의 부여에서 민청 선전부장을 한다. 12월 말에 '국민방위군'에 소집된다.
1951년 21세	국민방위군이 되어 전쟁터로 끌려갔다가 죽을 고생 끝에 병든 몸으로 집에 돌아온다. 몸을 회복한 뒤 부여를 떠나 대전으로 간다. 대전 전시연합대학에서 계속 공부한다. 이 해 가을부터 다음 해 가을까지 친구 구상회와 함께 사적지를 찾아다닌다.
1952년 22세	전시연합대학 학생증(6월 1일)을 보면 4학년으로 기록되어 있다.
1953년 23세	3월 17일 군간부 후보생이 된다. 대전에서 전시연합대학 중의 하나인 단국대 사학과를 졸업한다. 졸업과 동시에 제1차 공군 학도간부 후보생으로 임명되나 발령받지 못한다. 이 해 초봄 서울에 가서, 시청에 다니던 친구가 차린 헌책방(돈암동 사거리)에서 숙식하며 책방 일을 본다. 이 해 가을 인병선을 만난다.

274

좋은 언어로

신동엽 평전

1955년 25세	4년 만에 고향 땅 부여로 돌아온다. 고향에서 여름을 보낸 뒤, 온양의 구상회를 찾아 함께 상경하여 동두천에서 현지 입대한다. 6군단 공보실에서 근무하다가 구상회와 함께 서울 육군본부로 전속된다.
1956년 26세	인병선의 노력으로 초가을 의가사 제대한다. 겨울 구상회, 노문, 이상비, 유옥준 등과 문학적 교류를 가진다. 가제 '야화野火'로 동인지를 내려고 준비하면서, 주로 노문의 하숙집에서 열띤 문학토론을 벌인다. 신춘문예 시 부문에 응모하나 낙선한다. 10월 농촌경제학자 인정식 선생의 외동딸인 인병선과 부여에서 전통혼례를 치른다.
1957년 27세	딸 정섭이 태어난다.
1958년 28세	충청남도 보령에 있는 주산 농업고등학교에서 학생들을 가르치기 시작한다. 부여읍 동남리 501-3에 틀어박혀 시작에 몰두, 석림石林이라는 필명으로『조선일보』에 장시「이야기하는 쟁기꾼의 대지」를 응모,『한국일보』신춘문예에 평론「추수기秋收記」를 응모한다.
1959년 29세	장시「이야기하는 쟁기꾼의 대지」가『조선일보』신춘

문예에 입선한다. 평론은 결선에서 탈락한다. 봄에 상경하여 돈암동에서 단칸 전세방을 얻고 서울 살림을 시작한다. 맏아들 좌섭이 태어난다.

시 「진달래 산천」(『조선일보』), 「새로 열리는 땅」(『세계일보』) 등을 발표한다.

1960년 30세	월간 교육평론사에 입사, 4·19가 일어나자 『학생혁명시집』을 만들어 출판한다. 여기에 그의 시 「싱싱한 동자를 위하여」를 수록한다.
1961년 31세	명성여고에서 학생들을 가르친다. 그의 시를 이해하는 데 중요한 토대가 되는 시론인 「시인 정신론」(『자유문학』) 등을 이 시기에 발표한다.
1962년 32세	둘째 아들 우섭이 태어난다. 장모 노미석의 도움으로 서울 동선동 5가 45번지에 한옥을 마련한다. 이후 타계할 때까지 이 집에서 산다.
1963년 33세	3월, 첫 시집 『아사녀』가 나오고 나서 얼마 뒤 서울 시청 근처의 중국 음식점에서 시집 출판기념회를 한다. 『아사녀』에는 「진달래 산천」 등 발표작 10편, 신작 8편이 수록되어 있다.

1964년 34세	3월, 건국대 대학원 국문과에 입학한다. 그러나 한 학기만 공부하고 10월에 미등록으로 학교를 그만둔다.
1965년 35세	한일협정 비준반대 문인서명운동에 참여한다. 「삼월」(『현대문학』), 「초가을」(『사상계』) 등을 발표한다.
1966년 36세	6월, 시극 〈그 입술에 패인 그늘〉이 최일수 연출로 국립극장에서 상연된다. 「4월은 갈아엎은 달」(『조선일보』), 「담배 연기처럼」(『한글문학』) 등을 발표한다. 이후 『신동엽 전집』을 출간하는 창작과비평사가 설립된다.
1967년 37세	1월, 그의 작품 가운데 가장 잘 알려진 시 「껍데기는 가라」(『52인 시집』 현대문학전집 제18권, 신구문화사)를 발표한다. 이 시집에는 「원추리」, 「그 가을」, 「아니오」 등 7편이 수록되어 있다. 6월부터 8월까지 『중앙일보』에 시월평을 집필한다.
1968년 38세	장편서사시 『임진강』 집필을 계획하고 임진강변이며 문산일대를 답사하기도 했으나 마무리하지 못한다. 그가 발표한 오페레타 〈석가탑〉이 백병동 씨 작곡으로 5월 드라마센터에서 상연된다.

6월 16일 시인 김수영이 타계하자, 그를 추모하는 조시 「지맥속의 분수」(『한국일보』)를 발표한다. 「보리밭」, 「술을 많이 마시고 잔 어젯밤은」 등 5편을 『창작과 비평』(여름호)에 발표한다.

1969년 39세   시론 「시인·가인·사업가」(『대학신문』), 「선우휘 시의 홍두깨」(『월간문학』) 등을 발표한다.

3월 간암 판정을 받아 세브란스 병원에 며칠 입원한다. 4월 7일, 서울 동선동 집에서 간암으로 세상을 떠난다. 4월 9일, 경기도 파주군 금촌읍 월롱산 기슭에 묻혔다.

1990년 신동엽의 아버지가 사망하자, 신동엽의 묘는 1993년 11월 부여읍 염창리, 능산리고분 맞은편에 있는 부모 산소 밑으로 이장하였다.

1970년   4월 18일, 고향인 부여읍 동남리 백마강 기슭에 그의 시비가 세워진다. 이날 부여읍 예식장에서 추모문학 강연회가 열렸다. 시 「봄의 소식」(『창작과비평』) 등 유작시 5편이 발표된다.

1971년   시 「단풍아 산천」, 「권투선수」, 평론 「시 운동의 가능성」이 『다리』에 발표된다.

| 1975년 | 6월, 『신동엽 시 전집』이 출간된다. 곧이어 7월, 박정희 군사 정권은 이 책을 긴급조치 9호 위반이라는 이유로 판매를 금지한다. |

| 1979년 | 3월, 시집 『누가 하늘을 보았다 하는가』가 창작과 비평사에서 간행된다. 4월, 서울 YMCA에서 출판기념회를 겸한 10주기 행사를 연다. 7월, 일본에서 시집이 번역되어 나온다. |

| 1980년 | 4월, 『신동엽 전집』이 다시 출판된다. |

| 1982년 | 12월, 유족과 창작과비평사(지금의 창비)가 공동으로 '신동엽 창작 기금'을 만들어 그해에 활동이 뛰어난 작가에게 기금을 주기 시작한다. 지금까지 훌륭한 작가들이 이 기금을 받고 있다. |

| 1985년 | 신동엽이 자라고 신혼생활을 한 생가가 복원된다. |

| 1989년 | 중학교 3학년 국어교과서에 신동엽의 시 「산에 언덕에」가 실린다. 그의 시는 이제 우리 문학사에서 빼놓을 수 없는 명작으로 누구나 즐겨 읽게 된다. |

| 1990년 | 단국대 서울 캠퍼스 교정에 신동엽 시비가 세워진다. |

1993년	경기도 파주군 월동산에 있던 묘지를, 11월 부여군 부여읍 능산리 백제 왕릉 앞산으로 이전한다.
1994년	동학농민전쟁 100주년인 8월, 세종문화회관 대극장에서 가극 〈금강〉(문호근 연출)이 초연된다.
1999년	부여초등학교 교정에 신동엽 시비가 세워진다.
2003년	2월 19일 유족은 생가를 부여군에 기증한다. 10월 20일 신동엽 시인이 대한민국 은관문화훈장 서훈 대상자로 선정된다.
2005년	대한민국 문화관광부가 제정한 '4월의 문화인물'로 선정된다.
2008년	신동엽 문학관이 착공된다.
2011년	신동엽 문학관이 준공된다.
2012년	신동엽 유품을 기증한다.
2013년	사단법인 신동엽기념사업회을 설립한다. 신동엽 문학관이 개관한다.

'2013 신동엽문학제 – 문학의 밤' 행사를 주관한다.

'신동엽문학제 학술회의'를 주관한다.

㈜신동엽기념사업회신동엽문학관위·수탁을체결한다.

2014년   신동엽추모제를 주최한다.

몽골문인협회 회장 '뭉흐체첵' 시인 내한 강연을 개최한다.

'김수영과 신동엽, 그리고 한국시문학' 심포지엄을 개최한다.

도록『신동엽』을 발간한다.

2015년   제13회 신동엽 시인 전국 고교 백일장을 주최한다.

전경인 대학생 학술제를 개최한다.

신동엽 시 낭송회 '다만 정신은 빛나고 있었다'를 개최한다.

영문판 도록『Shin Dong yeop』를 발간한다.

2016년   신동엽 문학콘서트를 개최한다.

허잔것 바닥은 잎으로 지느냐

흥뎡들을 고되게

부려만 먹았는은

대그 왓 은 니그으른만

이앗기 할때

으러들이 좋으 해

허지만

그러대언까어진 좋으때 로

것얼 채위앗 해은 이세상을。

— 1 9 6 0 —

저승으로 슬몃이

외치지
이름을
재미처럼
나려가
버려요

바람찬
재터처럼
나려가

조용히
당신의
자리를

딿수록
깊이
스며
베어

아래를
보며
옵쎄요

그리고
기다려
넣쎄요

모으여
놓인
옷을

하여든
바닥에
날는

가슴으로
어리를
앉은

소그스드러
주베놓아
적셔
벌쎄요